鷗外・ドイツみやげ三部作

森鷗外
現代語訳 荻原雄一

●Berlin 舞姫

●Dresden 文づかい

●München うたかたの記

未知谷
Publisher Michitani

目次

鷗外・ドイツみやげ三部作

舞姫

石炭はもはや積み終えた。船員たちの作業は終わった。静かだ。耳が痛くなるほどの静寂だ。おれは独りで二等船室のテーブルに両肘を載せている。白熱電灯の光だけが、やけに晴れがましい。晴れがましいほどに眩しい。普段の夜ならば、このテーブルには、トランプで賭けをする連中が集まって来る。でも、今宵は誰一人として顔を見せない。わかっている。誰しもが陸に両足を下ろすと、港で女でも買って、巷の安ホテルにしけこむのだろう。なに、おれは商売女なんか欲しくもない。商売女は不潔じゃないか。愛もない。だから、おれは独りだ。独りで、船中に居残っている。いや、これには別にわけがあるのさ。

栄光はもはや消え去った。五年も前に、だ。今となっては、過去の自慢話に過ぎない。それも色褪せた自慢話だ。当時、おれは日頃の望みがかなって、官庁からヨーロッパ留学の業務命令を授かった。このサイゴンの港までやって来た頃は、目に観るもの、耳に聴くもの、あれもこれもが新鮮そのものだった。毎日毎日胸がわくわくしたさ。おれは筆に任せて紀行文もどきを何千篇も書き記した。何千篇も、だ。

しかも、その駄文が当時の新聞に掲載されて、周囲の人々から「凄いね」とか「文才もあるのだね」とかもてはやされたものだ。でも、今になって思えば、稚拙な思想や身の程知らずの放言ばかりだった。いや、なにもそこまで自分を貶めなくてもいいか。ただ目に入るものはありふれたものでもなんでも、挙句の果てにはその土地の風俗などまで、「ほらっ、珍しいだろ」「ドイツでは、こうなのだぜ」と得意げに書き散らしていた。心ある人の目には、どれほどの醜態に映っていたか。しかし、おれも懲りない男だ。今回も帰国の途に先だって、一冊のノートを購入した。いや、今回は目に入る風俗を描きたいのではない。毎日の自分の心の動きを日記に残したかったのだ。ところが、このノートは未だに白紙のままだ。なに、これはドイツ留学中に一種の「ニル、アドミラリイ」の気性、つまり何があっても心を動かさない気性を養ったためだ。違う、そうじゃない。これには別にわけがあるのさ。

おれはもはやおれではない。昔のおれは、まばゆい西洋も、腐った東洋もなかった。ドイツだろうが、どこだろうが、自信たっぷりに突進して行った。

でも、今のおれは東端の島国に頭を垂れて退散する。そう、学問は五年を経ても、相変わらず未熟のままだ。しかも、この五年で、浮世がいかに辛いか、人の心がいかに信頼できないか、これらを人生に失敗した爺さんのように熟知した。いや、いや、こんな軽い程度ではない。おれ自身の心でさえ、なんと変わり易いことか。きのうは「いいぞ！」と認めた相手でも、きょうになれば「だめだ！」とへっちゃらで言ってのける。こんなふうに、自分の秩序だって、その時その時でふらふらしている。こんな揺るいでばかりの感情を筆に託して、誰に見せようと言うのか。誰も読まないさ。自分だって読み返さない。これが日記を書かない理由だ。いや、これも嘘だ。これには別にわけがあるのさ。

ああ、それにしても、なんということだ。イタリアのブリンジイシイの港を出てから、早くも二十日あまりが経ってしまった。普通の精神状態ならば、初対面の誰とでも仲良くして、旅の退屈を慰め合うものさ。でも、おれは「ちょっと体調が悪くてね」と呟いて、自室に籠りっ放しだった。こんな状態だから、自分の同行の人々とも会話が少なかった。なぜか。「恨み」だ。「恨み」が頭の隅々まで埋め尽くしている。この「恨み」は、初めはひと刷けの雲のようにかすかだった。しかし、ひと刷けの雲でも、心を曇らせる。スイスの山々の美観が目に入らない。イタリアの古代遺跡だって、だから何だ、という風だった。

旅の中頃になると、世の中のあれもこれもが厭になり、生きているのさえ虚しくなって、ついにははらわたがねじくれ返るような激痛に苦しめられた。この「恨み」が今は心の奥底に沈んでしまい、一点の翳として、凝り固まっている。だから、本を読んでいても、何か美しいものを見ても、この一点の翳が気にかかる。これが忘れられない。鏡に映る自分の影や、自分の声がこだまする響きは、気にすれば気になる。これと同じだ。それなのに、その「恨み」を思うと、西への懐かしさがこみ上げて来て、じっとしていられなくなる。今にも海に飛び込んで、手足をばたばたさせて、西に戻りたくなる。ああ、どうしたら、この「恨み」を消せるのだろうか。もし他の「恨み」だったら、漢詩を詠んだり、和歌に託したりすれば、多少はすっきりだ。だけど、この「恨み」は、おれの心に深く深く根付いてしまった。でも、まあ今宵は幸いだ。周囲に人も居ない。ボーイが消灯のスイッチをひねりに来るのも、まだまだ後だ。よし、「恨み」が消せなくて、もともとだ。文章に吐き出してみるか。この「恨み」のありったけを。

おれは父親を早く亡くした。だけど、母親が厳しかった。幼い頃から尋常では考えられない厳しい躾を受けて育った。お蔭で悪い遊びとは無縁だった。学問がすさむという経験も皆無だった。その証拠に、幼児期に藩校で学んでいた頃も、上京して大学予備校に通学していた時も、さらには東京大学法学部に入学してからも、成績発表の掲示の折は、いつもおれの名「太田豊太郎」が学年の首席に記されていた。しかも、おれは一人っ子だ。母がおれを自慢の息子だと思い、おれを頼りに暮らすのも当然の成り行きだった。おれは母の期待に応えて、飛び級で卒業した。なんと、十九歳で学士の称号を授かったのだ。

「すごいね。大学始まって以来の快挙だよ」

周囲からこう褒められた。いい気持だった。国のため、母のため、もっと自戒しよう。もっと切磋琢磨しよう。

某省に入省して月給をもらえるようになった。故郷の母を東京に迎えた。母子水入らずの暮らしだ。楽しかった。省の長官にも殊のほか目をかけられた。三年ばかりが経った。あるとき、長官に呼ばれた。辞令を受け取った。

課ノ事務取リ調ベノタメ独逸国ニ留学ヲ命ズ

おお、来た。ついに来た。よし、やったぞ！　おれは名を挙げる。太田の家を再興する。チャンスだ。大きなチャンスが、今おれにやって来た！

心が勇み立った。でも、その心に小さな影が射した。母は五十歳を越えている。母を独り日本に残せば、今生の別れになるかも知れない。どうするか。いや、どうもしない。自分の輝く未来を考えてみろ。家も再興できる。母も満足する。そうさ。母だって、おれが超エリートになって帰国し、母の気に入った嫁を貰うまで、なんとしてでも死ぬものか。

漠然とした功名心。禁欲的向学心。おれはこの二つを武器にして、たちまちヨーロッパの新大都ベルリンの中央に仁王立ちした。

それにしてもいったいなんだ、この華々しいネオンの海は。おれの目を潰そうというのか。だいたいがどういうつもりの色遣いなんだ、おれの心を迷わそうとして。「菩提樹下」と直訳すると、落ち着いた静かな空間を想像するだろう。ところが、ウンテル・デン・リンデンは、怒髪のように真っ直に延びた大通りだ。しかも、馬車道だけが舗装されているのではない。大通りの両側は歩道なのに、そこも石畳で造られている。その歩道を紳士や淑女が腕を組んで歩き回る。馬車が二人の近くを通り過ぎても、二人が革靴の底を力強く歩道に降ろしても、お洒落な服に泥も跳ね上がらない。また午後の定刻になれば、ウンテル・デン・リンデンの東端、通りに面した宮殿の窓に注目だ。あの頃は在世中だったウイルヘルム一世が、近衛の行進をご観閲するために、そのお姿を現わす。軍楽隊を指揮する士官は、胸を張り、肩をそびやかして指揮棒を振っている。その軍服は、さまざまな色の襻に飾られて、威風堂々としている。街を歩く少女たちは、みな肌の色が白くて目が大きい。彼女たちはパリの流行をとり入れて、なんとエレガンスなことか！　あれもこれも目を見張る景観ばかりだ。更には、天蓋無蓋その他いろいろの辻馬車が、アスファルトの馬車道を音も立てずに行き交う。大道の脇に目を遣れば、幾つもの高層家屋が雲に向かって聳えている。その間の少し途切れた空間には、噴水が設置されていて、あふれんばかりの水を落としている。青空なのに、まるで夕立ちのような音だ。遥か遠くに目を遣ろう。ブランデンブルク門の向こうだ。鬱蒼とした緑樹。これを背景として、半天に浮かび上がる凱旋塔の女神像……。あれもこれも興趣に満ちている。しかも、この街の中心に集中している。おれは初めてこの地を訪れた、そう、おのぼりさんだ。どうしたら良いのか、さっぱり分からない。

しかし、だ。おれは胸中に一つの誓いを立てていた。

「たとえどんな境遇に身を置いても、我が母国、日本に関係のない美観や事由には心を動かさないぞ」

この誓いは効いた。おれは外からの無意味な刺激を、瀬戸際で食い止めたのだった。

現地の官庁に出向いて、入り口で訪問を報せる鈴を鳴らした。プロシヤの官僚が顔を出したので、本国からの公式の紹介状を差し出して、日本からやって来た目的を告げた。すると、そこに居た官僚たちはみな顔を見せて、おれを快く迎え入れてくれた。

「公使館からの手続きさえ不都合なくお済ませになりましたら、どのような案件でも教えもしますし、お耳にも入れましょう」

おれは故国で前もってドイツ語と公用語のフランス語を学んでおいた。これがじつに有効だった。彼らはおれと初対面の折、みな一様にびっくりした顔つきになった。

「いったい、いつどこで、これほど流暢な語学を身につけられたのですか?」


公務ニ支障ノ無イ限リハ当地ノ大学ニ通フヲ許可ス

おれは自国の公式の許可を持っていた。そこで、ベルリンの大学に入って政治学を学ぼうと考え、しかるべき手続きを執り行なった。

ひと月ふた月と過ぎて行った。公務の打ち合わせも滞りなく済んだ。調査も次第に捗って行った。緊急案件については報告書を作成して発送した。そうでないものは、いつでも取り出せるように筆写しておいた。いつの間にか、これらの書類が相当の巻数になった。しかし、大学に関しては、未熟な頭で計画したようには行かなかった。政治家になれるような特別の学科があるはずもなかった。どうしようか。あれこれと思い煩った。結果、二、三の法学家の講義を選んだ。すぐに授業料を支払い、翌日から聴講に通った。

このようにして三年ほどが、あっという間に過ぎ去った。しかし、潜在的な欲望は、隠そうとしても隠しきれない。おれは父の遺言を守り、母の教えにも従ってきた。物心がついてからというもの、少しも怠けずに、ひたすら勉学をしてきた。子どもながらに、人が「きみは神童だ！」と褒めてくれるのが嬉しかった。更には官僚として勤務してからも、省の長官が「良い部下を持った。きみは仕事ができる」と励ましてくれたのも、これまた嬉しかった。この言葉を糧に、気を緩めずに働き続けてきた。そうさ、こんな自分の生き方に、何の疑いも抱かなかった。ただひたすら受け身で、ただひたすら指令どおりに動く、忠実な犬のような男がおれだったのさ。が、今、二十五歳になって、心中何となく穏やかでなくなってきた。どうしたのだろうか。もうドイツにも長い。ベルリンの大学で自由な気風に触れているせいか。おれの心の奥底に潜んでいた〝本当のおれ〟が少しずつ顔をもたげて来た。

（今のお前は、本当のお前じゃないぞ）

心の奥底の〝本当のおれ〟が、今のおれを偽物だと責め立てる。

おれは考えた。そして、ついにこう悟った。

（おれはどうやら政治家には向いていないぞ。現実の世界で勇ましく活動するなんて、性

格的に無理だ。また法律を頭の中に叩き込んで、無感情に有罪無罪の断を下す判事にも不向きだな）

また、ひそかに思った。母上はおれを『活きた辞書』にしようとしている。省の長官はおれを『活きた法律』にしようとしている。『活きた辞書』はまだ我慢ができる。だけど、『活きた法律』なんて、冗談じゃない。願い下げだ。

これまでおれは、ごく些細な問題でもきわめて丁寧に応えてきた。でも、この頃から少し変わった。「あまり法制度の細目にこだわるべきではありません」省の長官に送る書簡にも、このような文章が増えた。挙句にはこんな広言までして憚らなくなった。「ひとたび法の神髄さえ会得すれば、どんなに入り組んだ事案でも、破竹のごとくスッパリと解いてみせますよ」一方、大学の方は法科の授業をさぼって、史学や文学に心を寄せた。史学や文学は、法学と違って、人間味が溢れている。しかもようやっとその神髄が味わえるようになってきて、わくわくするのだった。

しかし、どう考えたって、省の長官が喜ぶわけがない。長官はもともと自分の思いどおりに動かせる機械のような部下を作りたかったのだ。おれなんか、不要だろ。独立した思想を抱いた部下なんて。危険だろう。自負心に満ちた表情の部下なんて、顔もみたくないだろう。

つまり、当時のおれの立場ほど脆いものはなかったのだ。だけど、この生意気さだけなら、心の中の問題だ。実際は顔には出ない。少なくとも、おれの地位がひっくり返るほどではない。ところが、おれはある勢力を持った一グループと、不愉快な関係に陥っていた。彼らは日本人の官費留学生たちだ。彼らは同じ官費留学生のおれを、妬んだり、憎んだりしていた。そして、ついにおれを陥れようと行動し始めた。おれについて根も葉もない噂話を言いふらしたのだ。

まあ、認めがたいが、これには彼らなりの理由があった。

おれはビールのジョッキを高くあげて、彼らと一緒に「乾杯!」と叫んだりはしない。またビリヤードのキューを手に取って、先端にチョークを塗ってから、「赤と赤を狙うぜ!」と叫んだりもしない。

「なんだよ、私費留学生でもないくせに」

「そう。遊ぶ金がないわけじゃないのにね」

「吝嗇なのか」

「いや、優等生なんだよ。おれたちをばかにしているのさ」

「ばかにしているって? おれたちだって、奴と同じ官費留学生じゃないか」

「なに、おれたちは官費で、こうして遊び呆けているじゃないか」

彼らは真のおれを知らないから、こんな的外れな糾弾をするのだ。ああ、おれ自身でさえ、真のおれを知らなかった。それなのに、赤の他人がどうして知り得ようか。じつは、おれの心は、あの合歓という木の葉っぱと同じなのだ。何かがちょっとでも触れると、びくりと縮んで困難を避けようとする。そう、おれの心は、うぶな処女と言ってもいい。年長者の教えを守って、子どもの頃はひたすら勉強にいそしんだ。大人になっても同じで、今度は官僚の道を不平一つも口にしないで歩んできた。でも、あれもこれも、心に勇気があって、自分の頭で考えて、歩を進めて来たわけではない。それでも、他人の目には「すごい忍耐力だ、不屈の向学心だ！」と映ったであろう。なに、本当は自分で自分を騙し、他人をさえ欺いていたのだ。白状しよう。おれは人が引いた道を一途に辿っただけ。他の道に心が乱れなかったのは、他の道を棄ててもへっちゃらなほど、自分の道を信じていたからではない。ただ単に他の知らない道が恐いので、自分で自分の手足を縛って、合歓の木の葉っぱのように縮んでいたにすぎない。それでも、故国を出立する前は、いい気になっていた。自分を有能な人物だと決めつけていた。また異国での苦労なんか、自分の精神をもってすれば屁の河童だと深く自惚れていた。そう、おれは老いた母を一人残して渡海できるほどの、クールな男なのだ。

ああ、こう思えたのも、ほんの一時だった。船が横浜を離れるまでだった。あの時、おれは涙が止まらなくなって、ハンカチを濡らしてしまった。自分でも「どうした？」と自身を訝った。

でも、これこそがむしろ自分の本来の姿だった。これが「真のおれ」だった。おれは弱っぽちい。これは幼い頃に父を亡くしたからか。女手一つで育てられたからか。

官費留学生たちが、おれを嘲笑うのはまだ頷ける。でも、嫉むのはお門違いだ。「真のおれ」は、このようにひ弱で不憫なチキンではないか。

おれは厚化粧をした女は苦手だ。けばけばした色の服を身にまとった女も避けたい。ましてや、その風体でカフェの椅子に坐って、客を引く女に、のこのこ近付いて誘ってみる勇気は持ち合わせていない。またそこら辺のプロシアの男とはちょっと違って、山高帽を頭に乗せ、眼鏡に鼻を挟ませて、さも貴族風に気障な鼻音で話す「レーベマン」（道楽者）を見ても、わざわざ仲間に加わってその手の輩と遊ぼうという勇気もない。この種の勇気がないから、あのヤンチャな同郷の官費留学生たちと仲良くする方法がわからない。この交際下手のせいだろうか。彼らはおれをただ嘲笑し嫉むだけでは納まらなくなった。もっと悪意に満ちた、もっと根深い猜疑心を、おれにぶつけて来たのだ。これこそ、おれが無実の罪をきせられ、わずかの間に計り知れない苦難を味わうきっかけだったのだ。

ある日の夕暮れだった。おれは解き放たれた気持ちだったので、ぶらぶらと獣苑を散歩した。

「さて、そろそろモンビシュウ街の自分の下宿に帰るか」

おれはウンテル・デン・リンデンを通り過ぎて、クロステル小路の古い教会の前までやって来た。それにしても、あの灯火きらめく大海原を渡って、この狭く薄暗い小路に入り込むと、これが同じベルリンの街かと首を捻ってしまう。この小路の両側に建つ集合住宅を仰ぎ見ると、上階の窓の手摺りにはシーツや下着などが干しっぱなしになっていて、いつまでも取り込む気配すらない。安普請の居酒屋の戸口には、頬髭の長いユダヤ人の爺さんが、目をぎょろぎょろさせながら佇んでいる。目が合えば、小銭はねえかとねだられるだろう。おれは爺さんから目をそむけて、近くの貸家を見遣る。そこは石の階段の一つが上階にまで一気に延び、他方で別の階段が地下室の鍛冶屋の住まいにまで繋がっている。あえて言うまでもないが、この辺りは粗末な貸家が密集している貧民街だ。そんな家々の向かいで、小路から凹字の形にひっこんだ場所に、古い教会が建っている。この教会は建立三百年の遺跡でもある。おれはここを通るたびに眺めるが、いつだって歴史を感じて、うっとりとして佇んでしまう。

あれ。おれは異変を感じた。このお気に入りの教会を眺めたときだ。いつものように、教会の門扉は閉ざされている。でも、きょうはその門扉に、一人の少女が身を寄せている。しかも、少女はしのび泣いて居るではないか。年は十六、七歳か。頭から白い布を被っているが、そこから洩れている髪は薄い金髪だ。着ている服に汚れも見えないし、てかてかと光ったりもしていない。この辺ではめずらしく清潔そうな身なりをしている。おれが近づくと、その足音にびっくりして、少女が顔を上げた。すると、今度はおれがびっくりする番だった。なんて美しい！　おれには文才がないので、ここにその美しさを書き残せないのが悔しい。その瞳がちょっとおれに注がれた。これだけだ。これだけなのに、どうしておれの心の奥底まで貫き通したのか。用心深いおれではなかったのか。その少女の長い睫毛が涙を付けていたからか。またその下の青く澄んだ瞳が、物問いたげで、しかも愁いを含んでいたからか。

それにしても、こんな美少女が道端で泣いているなんて。とんでもない悲しみにうちのめされたのか。それで前後を顧みずに家を飛び出したのか。おれは臆病だ。臆病なのに、美少女への憐憫の情で一杯になって、思わず少女に近付いた。

「どういうわけで泣いているのですか。ぼくは外国人です。それも白人ではありません。あなたへの差別意識もなければ、ベルリンに面倒な人間関係も持っていません。かえって力を貸しやすいのでは」

おれは声を掛けてから、自分の大胆さに呆れた。

美少女はびっくりして、少しの間おれの黄色い顔を見詰めた。だけど、おれの肌の色と表情から生真面目さを感じ取ったのだろう。

「あなたは、中国人ですか」

「いいえ、日本人です。日本を知っていますか」

「いいえ。でも、あなたはいい人みたいですね。あいつのように酷い男じゃなさそう。あと、わたしの母ように……」

そう一気に口走ると、途切れていた涙がまた溢れ出て来て、美少女の可愛いらしい頬を流れ落ちた。

「どうか、わたしを救ってください。わたしが恥知らずな女にならないように。母ったら、あの男の言いなりになれって、わたしをひっぱたくの」

「えっ、お父さんは？」

「父？　父はダメ。父は死んじゃったの。それで、明日はもうどうしたってお葬式を出さなければいけないの。それが神さまとのお約束なの。でも、父にはお薬代も掛かったし、うちには貯金が一マルクも無いの」

こう言い放つと、美少女は左右の掌に顔を埋めて、すすり泣くだけだった。おれの眼はこのうつむいている少女のうなじにばかり注がれていた。真っ白で、細くて、穢れのない、思わず口づけをしたくなるようなうなじだった。おれはこの美少女と親しくなりたかった。お金を縁になんとかきっかけを掴めないだろうか。でも、今自分の下宿に連れて行くのは、まだ危険だろう。

「きみの家まで送ってあげる。だから、ひとまず落ち着きなさい。泣き声を人に聞かせてはいけないよ。ここは往来だから」

「ええ。もう泣かないわ」

美少女は話しているうちに、いつの間にかおれの肩に頭を預けていた。でも、このときふっと顔を上げた。一瞬おれを訝しそうに見て、それからすぐに脇に跳び退いた。

「恥ずかしいわ」

人に見られるのが煩わしい。日本だったら、巡査に「おい、こら。若い男と女が二人くっついて何しとる！」と咎められただろう。美少女は足早に歩いて行く。その後にくっついて、教会の筋向かいの建物を大扉から入った。すると、欠けた石の階段があった。これを上がって四階目に、丈の低い小さなドアがあった。日本人のおれでも、腰を曲げなければ入れないだろう。美少女が右手をノブ近くに伸ばして、先のねじ曲げてある錆びた針金に手をかけると、ぐいと引っ張った。

「誰だい」

中から、老婆のしわがれた声が尋ねた。

「エリスよ。ただいま」

エリスが答えるや否や、ドアが荒々しく開いた。姿を見せたのは老婆だった。老婆は半白髪で、品は悪くはない。でも、額には貧苦の痕跡のように深い皺が何本も刻み込まれていた。身にまとっているのも、古い毛織りの服で、室内履きは汚れていた。エリスがおれに会釈して室内に入ると、この一瞬を待ちかねたように、老婆はドアを激しく締め切った。

「えっ、なんだよ」

おれは呆れて、しばらくぼんやりとドアの前に立っていた。でも、ふとドアの上部を見ると、ランプの光を透かして、「エルンスト・ワイゲルト」と漆で記された文字が読めた。「エルンスト」は、亡くなった父親の名前だろうか。「ワイゲルト」は、ユダヤ人に多い姓だ。名前の下には「仕立物師」と職業が明示されていた。仕立物師か。貧しいユダヤ人の典型的な職業だ。

室内からは言い争うような声が聞こえた。ふと、静かになった。すると、いきなりドアが開いた。先ほどの老婆が顔を突き出した。

「悪かったわね。失礼。亭主が死んだばかりで、部屋が片づいていないけれど、まあどうぞ」

老婆は言い訳しながら、おれを室内に招き入れた。入ると、そこは厨房だった。「日本の家なら、このドアはさしずめ勝手口だな」おれは日本語で呟いた。しかし、すぐに右手の低い窓に目が行った。そこには真っ白いカーテンが掛けてあった。真っ白に洗濯をした麻布のカーテンだ。エリスがこまめに洗濯を施した結果か。左手には粗末なレンガ造りの竈があった。これでドイツ式の堅いパンを焼くのか。正面の一室のドアが、半開きになっていた。室内には白布をかぶせたベッドが見える。伏しているのは亡き父か。本当に、父親が亡くなったばかりだったのだ。エリスが竈の脇のドアを開けて、「どうぞこちらへ」と誘った。この部屋はいわゆる「マンサード式」と呼ばれる屋根裏の空間で、通りに面した一室なので、天井がない。でも、梁が屋根裏から窓に向かって斜めに下がっている。その隅に紙を張って雨風を防ぎ、その下にベッドを配置している。おれが立ち上がっても、頭がつかえそうな部屋だ。中央のテーブルには奇麗な毛織りのクロスがかけられ、その上には本が一、二冊と写真帳が並んでいる。陶の花瓶にはこの家に不釣り合いな高価な花束が挿してあった。父を悼んで、近所からの差し入れか。それとも、誰か男がエリスに贈った花束か。そのテーブルの傍に、エリスは恥じらうように立っていた。

エリスは格別に美しかった。乳白色の顔色がローソクの灯に映えてバラ色に染まっていた。手足もほっそりとしているのにたおやかで、貧しい家の娘にはどうしても見えない。老婆が部屋を出ていくと、エリスは少しイディシュ訛りのある言葉で言った。

「ご免なさいね、家までお連れして。お時間は大丈夫かしら。それにしても、あなたは善い人ね。まさかわたしを軽蔑してはいませんよね。明日までにどうしても父のお葬式を出さないといけないのです。あてにしていたシャウムベルヒが、ご存知じゃありませんよね？　ヴィクトリア座の座長です。シャウムベルヒに雇われてから、もう二年になるのです。わたしたち母娘を助けるのなんて、何でもないはずなのに。人の弱味につけ込むのです。「お金を貸すから、なあいいだろう」そう言い寄って来るの。どうか、わたしを救って下さい。お金は必ずお返しします。給料は安いけれど、たとえ食べる物を節約しても、必ずお返しします。ダメですか？　ダメならば、母の言うように……」

エリスは涙ぐんで体を震わせた。おれを見上げた眼差しには、男にいやだと言わせない媚態があった。この目つきの威力を、エリスは意識して使っているのだろうか。それとも本人は赤子のように無意識なのか……

おれのポケットには二、三マルクの銀貨があった。だけど、これで葬式代が足りるはずもなかった。おれは金時計の鎖を外して、テーブルの上に置いた。

「これで急場をお凌ぎなさい。質屋の使いが、モンビシュウ街三番地の太田と尋ねて来たら、時計と交換でお金を渡してやりますから」

エリスの瞳に驚きと感動の色が現われた。でも、おれには多少の魂胆があった。自分の住所を何気なくエリスに教えたかったのだ。おれは別れのために右手を差し出した。握手だ。でも、エリスはおれの右手の甲に自分の唇を押し当てた。そのとき、エリスの涙がはらはらとおれの手の甲に降り注がれた。熱い涙だった。本物の涙だった。

ああ、どういう悪因縁だったのか。おれはエリスの家まで付いて来て、その場所と、父親が亡くなったのは嘘ではないと知った。確かに、エリスは信じるに足る少女だったのだ。おれはその見返りに、計算づくで自分の住所を口走った。

はたして、エリスは礼を言いに、おれの下宿にやって来た。おれはそれまで、一日中沈思黙考、読書三昧だった。机の右にはショウペンハウアーの書物が並び、左にはシラーの著作物が立て掛けてある。そんな部屋の窓辺に、エリスは一輪の見事な花を咲かせたのである。

この時を境にして、おれとエリスとの付き合いは、徐々に頻繁になっていった。やがて、当然の成り行きとして、在留邦人にも知られるようになった。彼らはわざと早合点をした。

「あいつの性の捌け口は、なんと踊り子たちだぜ」

「ああ。毎晩劇場に通って、今夜はどの踊り子と寝ようかって、女漁りをしているそうだ」

こう言い放ったのである。羨ましかったのだろう。でも、おれたち二人の実際の付き合いは違った。まだ他愛のない楽しみ、一緒に居るだけで嬉しい、しかなかったのだ。

その名を言うのは憚られる。だけど、官費留学生の中に事件が起こるのを好む人物がいる。この人物が、省の長官にちくったのだった。

「太田の奴、日本の恥ですよ。ちょくちょく劇場通いをして、女優をたぶらかしている」

長官は、元よりおれを憎らしく思っていた。おれが本来の法学から外れて、史学や文学といった脇道に迷い込んでいたからだ。長官はこの噂話を確かめもしないで、公使館に伝えた。結果、おれはあっさりと罷免されて、職務を解かれてしまった。

公使はこの命令を伝える際に、おれにこう付け足した。

「あなたがもし即刻帰国するならば、国が旅費を支給します。しかし、今後もこの地に留まるならば、以後の公的援助は期待できませんよ」

「一週間の猶予をください、一週間です。お願いします」

おれはそう頼み込んで、あれこれと思い悩んでいた。このとき、おれの手許に二通の国際郵便が届いた。二通とも日本からで、ほとんど同時に投函された手紙だった。でも、読まなければよかった。自分の生涯でこれ以上はない悲痛な報せだった。一通は母の自筆、もう一通は親族の某からだった。後者の手紙は、なんと母の死を、おれがこの上もなく慕っている母の死を報せて来たのであった。もう一通は母からの自筆の手紙、というより母の遺書で、その文面をここに転載するのは堪えられない。今思い出しても、涙が込み上げて来て、筆が先へ進まない。母はおれの免官を聞いて、失望し、落胆し、お国に申し訳ないと一言呟いて、自害したのである。

しかし、おれとエリスとの交際は、噂とは違う。この時までは清らかだった。

エリスは家が貧しかった。このために十分な教育を受けられなかった。十五歳のときに、バレエ教師が求人を出したのに応募して、この恥ずかしい舞い？　を教えられた。そして、研修期間が終了するや否や、ヴィクトリア座に引っ張り出されて、今では踊り子の中で第二位の地位を占めていた。だけど、詩人のハックレンデルが「踊り子なんて、見た目が派手なだけさ。あんなの、現代の奴隷だよ」と見切っていたように、身の上は哀れそのものである。薄給でにっちもさっちも行かないのに、昼は稽古、夜は舞台と酷使される。確かに、ヴィクトリア座の楽屋に入れば、奇麗に化粧もし、美しい衣装も身につける。でも、一歩外に出れば、自分一人の衣食にも事欠く。ましてや、親兄弟を養っている踊り子は、並大抵の苦労ではない。このため、大きな声では言えないが、体を売らない踊り子なんて、めったに居ないのだ。

このあたりが、官費留学生たちの作り話が、もっともらしく聞こえた一因だろう。そして、長官がすぐに信じた源だろう。

でも、エリスは売春に走らなかった。どうしてか。一つはエリスの性格だ。エリスは引っ込み思案で、人見知りする。もう一つは仕立物師の父親が、神や律法《トゥーラー》に敬虔で、娘をしっかりと庇護したおかげなのだ。

エリスは小さい頃から本を読むのが好きだった。だけど、手にできる本は、貸本屋から借りるコルポルタージュという低俗な小説だけだった。それがおれと出会ってからは、おれが貸し与える書物を読みあさるようになった。しかも、次第にそれらを読解できるようにもなった。また会話でもイディシュ訛りが消えてきた。しばらくすると、おれに寄越す便りからも、ヘブライ‐アルファベットが減ってきた。このように、おれたち二人の間には、先ず師弟の関係が生じたのである。

ところが、師であるおれが、いきなり「免官」になった。エリスはおれから「免官」を知らされると、両目を見開いて、そのまま蒼ざめてしまった。

「豊太郎、どうしてですか？」

「わからん。おれが歴史や文学ばかりを学ぶから、それがまずかったかな」

おれは首を捻って、真の理由をひた隠しにした。エリス、きみの存在だよ。こんなふうに、言えるわけがない。

「母には、免官されたと、告げないでくださいね」

エリスはそう言った。解っていた。もしおれが学費を失ったと知れば、母親はおれを疎んじる。おれを遠ざける。挙句の果てには、「おまえなんか、エリスに近づくな」と怒鳴る。これを恐れたのだ。

ああ、このとき、おれが何をしたか。ここに詳しく書く必要もない。でも、このとき急に、エリスへのいとおしさが募ったのだ。そして、遂に離れがたい仲になったのである。非難されるまでもない。我が身の一生の大事が、おれの目の前には横たわっている。帰国すべきか。ここベルリンに居残るべきか。旅費を援助されるべきか。無視するべきか。こんな危急存亡の秋だというのに、こんな行為に及んでしまった！

でも、エリスと初めて出会ったときから、おれが探し求めていたのは、この少女だと感じていたのだ。しかも、そのエリスが今こうしておれの不運に同情して、人生に同伴しようとしてくれている。またもしや別離かと、その予感に悲しみうち沈んでくれている。そのエリスの顔に、鬢の毛がほつれかかっている。その美しくも、いじらしい姿！

もうエリス以外は何もいらない。だいいち、帰国しても、誰がおれを待っているというのだ。母はおれの不甲斐なさのために、自害してしまった。また日本に帰っても、職すらない。おれは悲痛が極まって、神経が異常に高ぶった。この世で、おれにとって唯一大事なのは、失ってはいけないのは、目の前のエリスではないか。そう思ったら、胸の中が塩酸でも飲み込んだように熱くなって、事ここに及んでしまったのだ。

　公使に約束した日が近づいた。いよいよ、おれの運命も切迫してきた。冷静に考えよう。母も、エリスも、いったん頭から退場を願って。たとえば、旅費を手にして、このまま帰国する。すると、学問も成就しないまま、汚名を着せられた身だ。出世のチャンスは皆無だ。では、このままベルリンに留まる。すると、学費どころか、生活費すら得る方法が見つからない。進んでも、留まっても、地獄か。同じ地獄ならば、エリスが居る地獄ではないか。なに、棄てる神あれば、拾う神あり、だ。このとき、一人の友が、おれを地獄から救い上げてくれた。この友の名は、相沢健吉という。今現在、日本に帰る自分の同行者の一人だ。彼は以前から東京で天方伯爵の秘書官をしていた。すると、官報におれの免官の記事を見つけた。そこで、某新聞社の編集長を説得して、おれを通信員にしてくれた。おれはベルリンに滞在して、この国の政治や文芸に関して、新しい情報を得る。それを記事に書いて送ればよかった。

　新聞社からの報酬は大した額ではない。だけど、住まいを移し、ランチを摂るレストランを取り替えたなら、どうにか食べてゆける。と思案しているうちに、エリスが助け船を出してくれた。誠意が形に表われたような提案だった。おれが彼女たち母娘の家に身を寄せる！

エリスはどのように母親を説得したのだろうか。いずれにしろ、おれとエリスは有るか無いかの収入を合わせて、苦しい中にも楽しい毎日を過ごせるようになった。

朝、コーヒーを飲み終えると、エリスは踊りの稽古に出向いた。また稽古のない日は、ずっと家に閉じこもって居た。一方のおれは、キョーニヒ街の喫茶店に日参した。間口が狭く奥行きばかりが長い、まるで京の都の商店を思わす造りの喫茶店である。おれはそこで、まず鉛筆を取り出す。ついで、店に置いてあるあらゆる新聞を読みあさる。ノートを開いて、記事になりそうな材料をあれこれと写す。これが日課となった。この店は屋根の一部を切り開いて、綱で開閉する引き窓から光を採り入れている。また壁際には、細長い板で挟んだ幾種類もの新聞を掛け連ねてあった。こんな店内に、定職を持たない若者や、わずかばかりのお金を人に貸して自分は遊び暮らす老人や、取引所の仕事の多忙さをどうにか抜け出して一息入れる商人などが集まっている。おれはこういった連中と肘を並べて、ひんやりした石のテーブルにノートを広げる。ウエートレスの運んで来た一杯のコーヒーが冷えきってしまうのも気にしない。忙しく鉛筆を走らせては、一つの新聞が済むとまた次の新聞をと、壁際とテーブルの間を何往復もするのだった。こんな黄色い顔の外国人を、事情を知らないドイツ人はどんな風に見ていたのであろうか。それにまた、午後一時近くになると、客たちが目を見張る出来事が起きる。エリスが稽古に行った日には、その帰り道に立ち寄って、おれと手を繋いで店を出て行くのだ。このびっくりするほど小柄で、まるで掌の上で舞う秘技さえ持っていそうな美少女を、訝しげな顔で見送る客も居たに違いない。それとも、黄色い顔で背が低いアジア系の男と違う神を信じるユダヤ人の女のカップルを「なんて忌々しい」と吐き捨てながら、蔑んだ目で見ていたのだろうか。

おれの学問は荒れてしまった。屋根裏部屋には、たった一つのほの暗い明かりしか灯っていない。エリスが劇場から帰ると、椅子に坐って、その明かりを頼りに縫物などをする。さらに、おれはその隣のテーブルで、明かりのおこぼれを利用して新聞の原稿を書くのだった。それでも、貧しさのためにへこたりはしなかった。役人の時は、朝から晩まで、古色蒼然たる昔の法令条目を掻き集めるのだった。それを紙上に書き写すだけの毎日。味気ない、ったらない。これでも、維新後の若者の人生か。

それに比べて、今は政界の生き生きとした動向や、文学・美術で起きた新しい潮流についての批評などを書き散らしている。また、自分の能力の及ぶ限りではあるが、あの先進的な批評とこの天才的な批評とを結び合わせるのだ。

　たとえば、政治批判の好みで言えば、過激で露骨なヴェルネよりも、ウィットと抒情味のあるハイネから多くを受け取って、さまざまな記事を書いた。この二人は共にユダヤ人だったが、ヴェルネはルター派に、ハイネはプロテスタントに改宗して、一八三〇年の七月革命以降は両人ともパリに住みついた文化人だ。

　さらに、ウィルヘルム一世とその後継者のフレデリック三世に関する記事にも、ペンを持つ手に熱が入った。相次いでご崩御なさったからだ。しかも、ビスマルク侯爵が新帝に反目するので、その進退がどうなるかについても、とりわけ詳細な記事を書き上げたものだ。

　それで、この頃から、予想以上に多忙をきわめた。もちろん、法制度を研究する時間も取れなくなって、またさして多くもない蔵書を紐解くのも面倒になった。と言っても、大学はまだ除籍にはなっていなかった。でも、授業料をなかなか納められない。あんなこんなで、たった一つに絞った講義でさえ、滅多に聴講に行けなくなってしまった。

　おれの学問は荒れてしまった。情けない。だけど、学問とは別の一種の「見識」を持てた。負け惜しみではない。と言うのは、在野のジャーナリズムによる社会批評の精神を身につけたと思うからだ。なにせこのジャーナリズムの普及は、ヨーロッパ諸国中でも、ドイツが一番だ。新聞や雑誌は幾百種もあり、それらに掲載される議論は高尚な内容が多い。おれは通信員となった日から、このような議論を読みに読み、写しに写した。しかも、そこに洞察力が、かつて大学に足繁く通っていた折に育んだ洞察力が加わった。すると、知識そのものが、今までとは違って来た。今までは一方向のみをひた走って、どこまでも直線的に深めようとしていた。それが自ずと総括的になって、横にも広がったのだ。この境地は、他の日本人留学生の大半が、夢にも知らないのではないか。だいいち、彼らの中にはドイツの新聞の社説さえ碌に読めない輩も居るのだ。

明治二十一年の冬が来た。表通りの歩道は、砂を撒いたり鍬をふるったりして、子供でも歩き易くしてある。だけど、クロステル街周辺の道は、でこぼこのままで、表面も凍りついている。朝ドアを開けると、その凍った道に、飢えて凍えた雀が落ちて死んでいる。雀も哀れだ。北ヨーロッパの寒さは、部屋を温めて、竈に火を焚きつけても、この程度の暖房では堪えがたい。冷たさが、石の壁に沁み透り、服の綿さえ貫いてしまうからだ。エリスは二、三日前の夜、舞台で気を失って、人に助けられて帰って来た。この夜以来、気分が悪いと休みを取り、物を食べるたびに吐くのだった。

母親が最初に気が付いた。

「きっと悪阻《つわり》だろうよ」

ああ、どうしたら良いのか。我が身の行く末だって覚束ないのに。もし赤ん坊が本当だったら——。

朝早くに目が覚めたが、きょうは日曜日だ。喫茶店には行かない。家に居る。でも、心はうち沈んでいる。といって、エリスは寝込むほどではない。それでも、小さな鉄のストーブの近くに椅子を寄せて、あまり目を合わせず、言葉も少なげである。

ふつうは、愛する女に赤ん坊ができたら、万歳三唱だろう。それなのに、なんで不幸の鳥が舞い込んだような気分になるのだ。

このとき、ドアの外で人の声がした。その声に、エリスの母が台所で応えた。しばらくして、母が一通の手紙を持って来て、おれに手渡した。見ると見覚えのある相沢の筆跡だった。でも、封筒にはプロシヤの切手が貼ってある。消印を確かめると、「ベルリン」と押してある。

「変だな。なんでベルリンの消印なのだろう」

おれは首を捻りながら開封して読んでみた。

急だったので前もって手紙を出せなかった。昨夜ここベルリンに、天方大臣が到着された。私も随行して来た。伯が貴様に会いたいと仰有っている。すぐに来い。貴様の名誉を回復する機会は今を置いてないぞ。気ばかり急くので用件のみ。

おれは読み終えて、茫然とした。そのおれの表情を見て、エリスが口を開いた。

「故国からのお手紙ですか？　悪いニュースではありませんよね、まさか……」

エリスは例の新聞社からの手紙で、報酬に関する凶事だと思ったらしい。

「いや。心配無用だ。相沢が、ほら、きみも名前を覚えているだろう、あの相沢が、大臣と共に昨夜ここに来て、おれを呼んでいるのだ。ただちに来いとさ。今から行って来るよ」

この後のエリスの心遣いときたら。母親が可愛い独りっ子を送り出してやるとき以上だった。

「だって、大臣に拝謁するかも知れないのでしょ」

こう言うのであった。エリスは病をおして起ち動いた。シャツも襟がとりわけ真っ白なものを選び出した。ゲーロックというダブルのフロックコートも、丁寧にしまっておいた箱の奥から引っ張り出して着せてくれた。ネクタイも結んでくれた。この世話のやきようったら、おれの亡き母を上回るのではないか。

「さあこれで、見苦しいなんて誰にも言わせないわ。わたしが手に持つ鏡の方に向いて下さいな。豊太郎、どうしてそんな不機嫌そうな顔をしているの？　わたしも一緒に行きたいくらいなのに」

こう甘えてから、エリスは少し様子を改めて言った。

「あらっ、こんなふうに礼服をお召しになると、ご立派過ぎて、わたしの豊太郎ではないみたい」

ついで、ちょっと首を傾げて付け足した。

「たとえ出世なさってお金持ちになる日が来ても、わたしを見棄てないでね。わたしの病気が、母の言うようなおめでたではなくても」

「なに、出世？　お金持ち？」

おれは失笑した。

「政界や財界にうって出ようなんて、考えてもいないよ。とっくの昔にあきらめた夢だよ。大臣には会いたくもないさ。おれはきみとの今の生活が一番さ。一番大切で大事なんだ。ただ随分長く相沢に会っていないからね。この友人の顔を見に行くのさ」

エリスの母親が一等の辻馬車を呼んだ。奮発したものだ。その辻馬車が、車輪に雪の音をきしませながら、ようやっと階下に到着した。おれは白い手袋をはめ、少々汚れた外套を肩に引っ掛けて、帽子をとった。ついで、エリスに軽く接吻してから下におりた。エリスは凍てついた窓を開けて、乱れた髪を北風になびかせながら、おれの乗った一等の辻馬車を見送ってくれた。

おれはカイゼルホオフ・ホテルの玄関前で辻馬車を降りた。受付で秘書官相沢の部屋番号を尋ねて、大理石の階段を上がり始めた。大理石か。久しく忘れていた感触だった。しかし、すぐに階段を上り終えて、控えの間に着いた。この部屋は、中央の柱にビロード状の絹を被せた長椅子を据えつけ、正面には鏡が立ててあった。外套をこの部屋で脱ぎ、廊下伝いに相沢の部屋の前まで行った。でも、おれは振り上げた右手を空中で止めてしまった。少しばかりためらわずにはいられなかった。大学で共に学んでいた頃、相沢はおれの品行方正を褒めちぎっていた。それなのに、今のおれときたら……。相沢はきょうどんな表情でおれを出迎えるだろうか。

部屋に入って、相沢と向かい合った。相沢は体つきこそ若いときに比べて肉がついて逞しくなった。でも、快活な気性は相変わらずだ。おれの不行跡も耳に入っているはずなのに、さほど意に介していないように見えた。一別以来の話もそこそこに、彼に引っぱられるようにして天方大臣に拝謁した。だけど、大臣から委託された仕事は、「これらのドイツ語の文書の中で、特に緊急の書類を翻訳して欲しい」であった。文書を受け取って、大臣の部屋を退室すると、後から相沢が追いかけて来た。

「おい、太田。昼飯を一緒に喰おうぜ」

食事の間中、相沢は実にたくさんの私事を詳細まで尋ねて来た。おれは食べるより、多くは答えるために、口を動かした。それもそのはずだった。彼の人生はおおむね順風満帆だった。口から飛び出すのは、自慢話しかない。それに比べて、おれは甚しい環境の変化、もっとはっきり言えば、人生のどん底を味わっていたからである。おれは相沢に、これまで舐めてきた辛酸を包み隠さずに語った。相沢はたびたびびっくりして、「めちゃくちゃな話だな」と目を剥いた。でも、相沢は決しておれを責めなかった。むしろ、おれの周囲に居た、他の凡庸な連中を痛罵した。それでも、おれの話が終わったとき、相沢は表情を改め、おれを諌めて言った。

「このたびの一件は、貴様の生まれつきの気の弱さに原因がある。だから、今さらどうこう言ったって仕方がない。しかし、だ。貴様には、学識がある、才能もある。こんな一角《ひとかど》の人物が、そういつまでも小娘の情にほだされっ放しで、目的のない生活をしていてもいいのか。いったい、どうするんだ。世のため、人のため、その力を発揮せんか。今は天方伯だって、ただ貴様のドイツ語を利用しようという気持ちだけだ。伯も貴様の免官の理由をご存知だろうからね。自分も強いて伯の先入観を変えようとは思わないさ。そんな無理をして、伯に胸中で『友達だからと、事実をねじ曲げて庇いだてする奴め』なんて思われちゃあ、友の貴様にも不利益だし、この俺にとっても大損だからな。人を推薦するには、まずその才能を示すに如かず、だよ。だから、貴様は初めに才能を示して、伯の信用を手に入れろ。それから、その小娘との関係だが、たとえ小娘の方に真実の真心があるにしろ、たとえ情交が深くなっていても、相手は貴様の人物、人格を知った上での恋じゃないだろ。男と女の交わり、いわば慣習という一種の惰性の産物じゃないか。いいか、男らしく意を決するんだ。さっさと手を切れ」

これが相沢の言葉のおおよそであった。

船乗りが大海原で舵を失った。ところが、ある日突然、遥か彼方に山の姿を臨み見た。船乗りは、いったいどんな気持ちになるか。この山の姿が、相沢がおれに示してみせた人生の方向である。だけど、この山はまだ深い霧の中だ。いつそこへ辿り着けるか。いや、たとえ行き着けたにしても、はたして自分の心は満足するだろうか。それに比べれば、貧しくても楽しさがいっぱいなのは、今の生活だ。言うまでもない。棄てがたきはエリスの愛だ。それなのに、おれは本当に気が弱い。心中では納得していなかったのに、とりあえず友の言葉に従って、こう口走ってしまった。

「わかった」

「わかったか、その小娘と縁を切るか」

「ああ」

約束してしまった。

おれは、己れを失うまいと思って、自分の敵には抵抗する。だけど、友に対しては、「嫌だ」とはっきり口にできた試しがない。

相沢と別れて、外に出たら、北風が頬を打った。ホテルの食堂は二重のガラス窓をぴったりと閉ざしていた。その上、大きな陶製の暖炉に赤々と火が燃えていた。それに比べて、室外の午後四時の寒さときたら、薄い外套なんて簡単に貫き通す。堪えがたい寒さだ。皮膚は鳥肌が立っている。いや、皮膜だけではない。おれは胸中深くに、一種の悪寒を感じた。

翻訳は一晩のうちに仕上げてしまった。

伯はおれの翻訳で満足したのだろう。これ以後、おれがカイゼルホオフに通う日々が、次第に多くなった。と言っても、当初は天方伯の言葉も用事のみだった。そのうち、伯は最近日本で起こった事件などを例に挙げて、おれの意見を求めるようになった。また折に触れては、この道中で同行の誰彼が、こんな失態を演じたよ、などと披露して笑われるようになった。

一と月ほど経ったある日、伯が突然おれに向かって尋ねた。

「わたしは明日の早朝に、ロシアに行かねばならない。どうだ、随いて来るか？」

おれは伯のこの不意の問いにびっくりしてしまった。この数日来、相沢の姿を見かけなかった。相沢は例によって公務に忙殺されているのだろう。それで、伯の情報がまるで入って来なかったのだ。

「喜んで。お供致します」

己の恥を告白しよう。この答えは熟考して口をついたものではない。おれという人間は、自分でも嫌になるほど気が弱い。相手が敵でないならば、即座になんでも承諾してしまうのだ。とりわけ、自分がこの人はと信じた相手なら、中身をきちんと推し量りもしないで、すぐに頷いてしまう。すると、あとでこれは出来そうにもないと気が付いて、しばしば虚しい気持ちに堕ち込む。それでも、じっと我慢して、なんとか承諾した約束を実行しようと無理をする。

この日は翻訳料だけではない。旅費も頂戴して持ち帰った。翻訳料はエリスに預けた。このお金で、おれがロシアから戻るまでの生活費をまかなってもらいたい。エリスは医者に診てもらった。はたして、懐妊しているそうだ。元来が貧血症なので、何ヶ月か気付かなかったとみえる。座長からは「休みが余りに長い。辞めてもらおう」と言って来た。まだ一と月くらいなのだ。それなのに、こんな厳しい取り扱いとは。きっと先方に含むところがあるのだろう。またロシアへの旅行の件は、エリスはさほど悩む様子に見えなかった。おれの気持ちに嘘はないと深く信じていたのだろう。

鉄道ではそう遠くもない旅だから、さほどの用意は不要だ。身に合わせて借りた黒の礼服、新たに購入したゴタ刊のロシア宮廷貴族の系譜本、二、三冊の辞書などを小さなトランクに放り込んだだけである。しかし、残して行くエリスの心身は気にかかった。やはり、心細い事件ばかりが多い近頃なのだ。おれが出て行った後は、なにかと気がふさぐだろう。かといって見送りに付いて来て、駅で涙をこぼされたら、おれが後ろ髪を引かれる。そこで思案して、翌早朝エリスに母親を添わせて、知人の元へ預けた。そして、おれは旅装を整えると、自分でドアを閉めた。鍵は入口に住む靴屋の主で、顔見知りのユダヤ人に預けて家を出た。

ロシア行きについては、何を書いたら良いのだろうか。おれは通訳としての任務や範囲を、あっという間に跳び越えて、この身を高貴な別世界の上に落とした。それにしても、大臣の一行に随行してペテルブルクに滞在する間、おれを取り巻いていたのは、夢だったのだろうか。王城の華麗な装飾。数多くの黄蠟を灯したシャンデリアの連なり。そのシャンデリアに煌めき交錯するいくつもの星形勲章やエポレットの光り。この上もなくみごとに彫刻の施された壁暖炉で赤々と燃える炎。宮廷女官たちが寒さを忘れて使う扇子の閃き。これらは絶頂期のパリの贅沢ではないか。それをそっくり氷雪に閉ざされたロシアに移し替えたのだ。しかも、一行の中で、おれだけが宮中では公用語のフランス語をすらすらとしゃべれた。そこで、たかが通訳の分際のおれが、賓客と主人との間を巧みに取り計らったのだった。

こうした最中でも、おれは決してエリスを忘れなかった。いや、エリスが毎日手紙をくれるのだ。忘れるなんてできようもなかった。

あなたのご出立の日、わたしはいつもと違って独りぼっちで明かりに向かうかと思うと憂鬱でした、そこで知り合いの家で夜になるまでお話をしていました。疲れるまでわざと長居したの。それで、家に帰ったら、すぐにベッドでしたわ。次の朝、目が醒めた時、自分が独り部屋に残っているので、まだ夢の続きではないかと疑いました。起き出した時の心細さときたら……。こんな思いって、生活が苦しくてその日食べる物のなかった時でもしなかったわ。

これがエリスから来た最初の手紙のあらましだ。
また後の方で届いた便りからは、エリスの切迫した気持ちが伝わって来た。たとえば、書き出しに「間違いね」という言葉を使っている。

間違いね、今こそわかったの。あなたへの思いの深さを。あなたは仰有ったじゃない。お国に頼りにできる親戚は居ないと。こっちでちゃんとしたお仕事を見つけて、こっちにずっと留まるって。ね、仰有ったわよね。わたしの愛であなたを引き留めるわ。それでも帰国なさると仰有るの？　それなら、母と一緒に付いて行く。東の果てでも、どこでも、付いて行く。でも、母と二人の旅費をどう工面したら良いのでしょう。無理よね。こう考えると、どんな苦労をしてでも、あなたにはこっちに留まって戴きたいの。あなたは何時か出世なさる。その日をじっと待つわ。こう思っていたのに、別離の予感が日増しに深まるの。今回は短期の旅だと仰有ったでしょ？　それなのに、ご出発なさってから、もう二十日も経つのよ。お別れはほんの一瞬の苦痛。こう思って、自分を慰めたのは、間違いね。わたしのお腹、毎日毎日大きくなって行くの。赤ちゃん、どうしよう。心配。ねえ、あなた。どんなに出世なさっても、わたしを見棄てないでね。あなたとわたしの赤ちゃんを見棄てないでね。母とは声を荒げて言い争ったわ。でも、母が折れたの。わたしが固く心に決めている様子を見て。「赤ちゃんができたら、あなたは強くなったわね」って。「あなたと赤ちゃんは、一緒に日本に行っていいわ」母はあきらめたように言うの。「お母さんはどうするのよ?」わたしはびっくりして訊いたわ。「そうね、ステッチン辺りの農家に、遠い親戚が居るわ。そこに身を寄せる」わたし一人の旅費くらいは、どうにかなるわよね。この間のお手紙によれば、大臣に重く用いられていらっしゃるのでしょ？　今はひたすら待っているわ。あなたがベルリンにお戻りになる日を。

ああ、おれはこの手紙を読んで、初めてはっきりと自分の置かれている状況を理解できた。恥ずかしい。おれはこんなに鈍い男だったのか。おれは自分の進退についても、エリスの人生についても、決断力がある男だと自負していた。でも、この決断力は順境の時だけ発揮できるのだ。今のような逆境では、どうにも使い物にならない。そうだ、今こそ自分とエリスとの関係を考えよう。でも、頼みとする心の鏡は、今や曇っている。何も映し出してはくれない。大臣はおれをとっくに厚遇してくれている。だけど、おれは視野が狭かった。自分の職分だけをただひたすら全うしていた。大臣のこの厚遇を自分の未来へつなぐ？ まさか。神がご存知のとおりだ。おれはそんな高望みを思い至りもしなかった。

だが、今気付いてしまった。すると、おれはどきどきし始めた。

「大臣の信用を手に入れろよ」

以前、相沢が勧めてくれた。あのときは、その言葉は屋上の鳥のような望みだった。捕まえられるはずがないと思っていた。でも、今ならば、「捕獲できるかな」とも思える。

「本国に帰ってからも、お互いにこんなふうに活躍できたら、いいね……」

相沢が最近こう呟いた。この言葉は大臣が仰有ったのではないか。言うまでもなく、人事は公的なものだ。友人といえども、明言を避けたのか。すると、今にして思えば、おれが相沢に向かって言った言葉は軽率過ぎた。

「エリスとの関係は断つ」

相沢はいち早く大臣に伝えたのかも知れない。

ああ、ドイツに来た初めの頃に、己れの本質を悟ったと思った。そこで、おれは器械的人間にはなるまいと誓った。だけど、あのときのおれは、足に糸をつけて放たれた鳥だったのだ。僅かのあいだ羽根をばたつかせて、得意がっていただけではないのか。そうさ、おれは足の糸を解く手立ても知らない。ああ、なんということだ! 最初この糸を操っていたのは、某省の長官だった。今この糸は、天方伯の手中じゃないか。

元旦の早朝だった。おれが大臣一行と共にベルリンに帰ったのは。駅で大臣に別れを告げると、おれは我が家をめざして辻馬車を走らせた。此処では今でも除夜は徹夜をして、元旦に眠るのが慣習なので、どの家も静まりかえっていた。寒さは厳しく、路上の雪は尖った氷片となって、晴天の太陽にキラキラと輝いていた。

辻馬車がクロステル街へ曲がり、わが家のドアの前に停車した。このとき、ちょうど窓を開ける音がした。でも、辻馬車のおれからは窓が見えなかった。馭者にトランクを持たせて、階段を上り始めようとしたとき、物凄い勢いの足音が下りて来た。見上げると、エリスだった。

「ああ、豊太郎！」

エリスは一声叫ぶと、両手でおれの首に抱きついた。それを見た馭者は呆れかえった顔つきで、なにか口髭の中で呟いた。最初は「黄色野郎が」と聞こえた。ついで、ちゃんとは聞こえなかったが、「ユダヤ人が、ジャルゴンで話しやがって」とかの差別発言だったと思う。

「よくぞお帰り下さいました。もしあなたが帰って来られなかったら、わたしの命はなかったわ」

おれの心は、このときまだ定まっていなかった。生まれた国に帰りたいという思い。自分の力量に合った出世を求める心。これらは、時として、エリスへの愛情を圧倒していた。でも、ただこの一刹那、おれの心から迷いやためらいが、すうっと消え失せた。おれはエリスを力いっぱい抱きしめた。エリスは顔をおれの肩にくっつけて、喜びの涙をはらはらとおれの肩にこぼした。

「どの階だよ。持って行くのは」

駅者はドラのような大声で叫んだ。彼はさっさと階段を登って、すでに上の方に立っていた。

「駅者にチップをあげて下さい」

おれはドアに出迎えたエリスの母に銀貨を手渡すと、エリスに手を引っぱられながら足早に部屋の中に入った。一瞥してびっくりした。テーブルの上には、真っ白い木綿や真っ白いレースなどが、まるで生地屋でも始めるかのように積み上げられていた。

「どう？　用意周到でしょう？」

エリスはちょっと微笑みながら、これらを指さした。そして、一枚の木綿布を取り上げると、おれの目の前にかざした。見ると、それはおむつだった。

「わたしの楽しさを想像してね。生まれて来る子は、あなたに似て、黒い瞳なのかしら！　黒い瞳！　ああ、夢にまで見た、あなたの黒い瞳！　赤ちゃんが産まれたら、わたしと赤ちゃんをちゃんと太田の籍に入れて下さいね。あなたは心の正しい方ですもの、大丈夫よね」

エリスはうつむいて付け足した。

「子供っぽいって笑われるかしら。このお腹の子が、学校に入る日、シナゴクで律法を読み始める日が来たら、どんなに嬉しいでしょう」

エリスがおれを見上げた目には涙が満ちていた。

二、三日の間は、伯も旅行疲れがお有りかも知れない。そう気遣って、あえて伯へのご機嫌伺いには出向かなかった。おれは家の中にこもっていた。すると、ある日の夕暮れに使者が来て、逆に伯から招かれた。行ってみると、待遇がいつにも増してすばらしかった。伯の方から、ロシア行きでの労を慰めてくれた。

「どうだ、疲れは取れたか。いやあ、きみには大いに助けられた。お蔭で、わたしも大役を無事に果たせた。ほっとしているよ」

伯は続けてこう言い足した。

「わたしと一緒に日本に帰らないか。きみの学問がどの程度かは、わたしには分からん。だけど、語学だけでも十二分に足りるだろう。世の役に立つさ。でも、きみはドイツ暮らしがあまりにも長いからな。いろんな人間関係もあるんじゃないか。特に、女だな。じつは気になったので、相沢に尋ねたのだよ。そしたら、居ませんと、相沢は即答した。それを聞いてよし！　と思ったよ」

伯の圧倒的な威圧感！　気の弱いおれに、どうして否と言えるか。

まずいぞ。これはまずい。おれは焦ったけれど、「相沢の言葉は嘘です」「好きな女が居ます」「お腹には赤ん坊も居ます」「別れるなんて、とんでもない」とも言いにくかった。

おれは頭の中が、ぐるぐると音を立てて回転した。もしこの誘いに乗らなければ、おれは永久に母国を失い、名誉を挽回する道さえ断ち切られる。わが身はこの広漠とした欧州大都の人の海に葬られてしまう。こんな思いが、いきなりおれの心に沸き起こった。

「有難く、お受け致します」

ああ、何という節操のなさだ。おれはこう答えてしまったのだ。


おれは嫌な奴だ。鉄面皮だ。人間の屑だ。屑の中の屑だ。でも、帰宅したら、エリスになんて話そうか。ホテルを出るやいなや、おれの心は千々に乱れて、たとえようもないほどの錯乱状態に陥っていた。どこをどう歩いているのかも分からなかった。思いに沈んでふらふらしていると、行き交う辻馬車の馭者に、何度も怒鳴られた。

「バカヤロー！　死にてえか」

そのつど、おれはびっくりして飛び退くのだった。しばらくして、ふとあたりを見回すと、獣苑の一角に来ていた。見ると、歩道にベンチが備えてあった。おれはそこに崩れるように坐り込んだ。頭を背もたれに預けた。額が焼けつくように熱い。誰だ。おれの頭を金づちで打ちまくるのは。ああ、頭がガンガンと響く。

死んだようになったままだった。いったいどのくらいの時間が過ぎ去ったのだろう。骨まで凍えたか。おれはそんな寒気を感じて、ようやっと我に返った。既に夜だった。雪が降りしきっていた。帽子の鍔や、外套の肩に、なんと三センチほども積もっていた。

もはや十一時を過ぎたのか。モアビット - カルル街間の鉄道馬車のレールも雪に埋まっていた。ブランデンブルク門のほとりのガス灯が、滲んだ光を放っていた。侘しい。立ち上がろうとした。でも、足が凍えきって動かない。両手でさすって、ようやく一歩を踏み出せた。でも、その歩みは、死にかけた老人のようだった。

足の運びが捗らない。クロステル街まで帰って来たときは、午前零時を過ぎていた。ここまでの道をどう歩いて来たのか、さっぱり記憶がない。一月上旬の夜だから、ウンテル・デン・リンデンの酒店や喫茶店は、まだ客の出入りも多く賑わっていただろう。ところが、少しも覚えていない。頭の中は、ただこんな思いだけが満ち満ちていた。

「おれは人間の屑だ。あの世に行っても、決して許されない罪人だ」

エリスはまだ眠りに落ちてはいないようだ。四階の屋根裏部屋には、暗い空に透かしてみると、光り輝く一点の灯がはっきりと見えた。その灯は、鷺のように舞い降りる雪片に一瞬遮ぎられる。かと思うと、また瞬間に現れる。まるで風小僧にいいように弄ばれていた。

建物に入ると、どっと疲労を感じて、体の節々が痛んだ。堪えがたかった。階段を這うようにして上がった。

台所を通り、部屋のドアを開けて、中に入った。たちまち、エリスが振りむいた。エリスはテーブルでおむつを縫っていた。

「あっ!」

エリスが叫んだ。

「いったい、どうしたの? そんな姿になって!」

びっくりしたのも無理はなかった。おれの顔色は蒼ざめて死人同様だったろう。帽子もいつの間にか失くしていた。髪は雑草のように乱れ立っていた。つまづいて何度か倒れたので、服は泥混じりの雪で汚れていた。しかも、所々破けてさえいた。

答えようとしたが声が出ない。膝ががくがくして立っていられない。椅子を掴もうとした。ここまでは覚えているが、そのまま床に倒れて意識が遠のいたらしい。

意識が回復したのは、なんと数週間も経ってからだった。母親の話だと、ずっと高熱が続いて、うわごとばかりを呟いていたらしい。エリスはその間おれから離れる様子もなく、心をこめて看病してくれたようだ。

そんな或る日、相沢が訪ねて来たという。相沢はエリスを一目見て、おれがひた隠しにしてきた事情を、一部始終知ってしまった。しかし、相沢は大臣には、良いように取り繕ってくれたのだった。

「太田は風邪にでも罹ったようで、熱を出して伏せっております。大方、ロシアで張り切り過ぎたのでしょう。しばらく休暇を与えてやって下さい」

おれは母親の話が終わってから、病床に付き添っているエリスに初めて目を遣った。えっと声をあげた。びっくりした。あまりに様子が変わっている。エリスはおれが寝込んでいた数週間で、栄養失調のように痩せ細ってしまった。頬の肉がげっそりと落ちて、しかも血の気がなかった。看病疲れか。いや、違うだろう。目が血走って、落ち窪んでいる。焦点も合わない。

「いったい、エリスに何があったのですか?」

おれは母親に尋ねた。

「三食食べるのに困ったのですか？」

違うわ、と母親は即座に答えた。相沢が生活費を出して助けてくれたそうだ。でも、この恩人は、エリスを精神的に殺してしまったのだ。

相沢から後で聞けば、エリスは相沢に会ったとき、おれが相沢に約束した言葉を聞かされた。

「エリスとの関係は断つ」

またいつかの夕べ、おれが大臣に帰国を承諾した言葉を聞き知った。

「有難く、お受け致します」

にわかに、エリスは椅子から飛び上がったそうだ。そのときは、すでに顔が土色に変わっていた。

「豊太郎が、わたしの豊太郎が、このわたしをこんなにもとことん騙していたのか！」

こう叫んで、その場に倒れてしまったという。相沢は母親を呼んで、エリスを二人がかりでベッドに運んで休ませた。エリスはしばらくすると、息を吹き返した。でも、このとき、エリスの目は天井の一点を凝視したままで、傍らに居る母親さえ誰だか判らなくなっていた。

「豊太郎、豊太郎。ああ、よくも、わたしを騙したな。人でなし！　赤ちゃんは、どうするの！」

おれの名を呼んで大声で罵り、髪をむしり、蒲団を噛む。そうかと思うと、また急に正気に戻ったように、手探りで何かを求める。何が欲しいのか。誰も判らない。母親がその辺の物を取って与える。

「なによ、これ。こんなもの、要らないわ！」

どれも投げ棄ててしまうのだった。ところが、テーブルの上にあったおむつを手渡すと、それをじっと見て、顔に押しあて、涙を流して泣くのだった。

おむつを手渡してからは、エリスは大騒ぎをしなくなった。だけど、精神の働き自体が皆無となり、それこそ赤子のように幼稚になってしまった。

医者に診てもらった。

「パラノイアですね。この病いは猛烈な心労が原因で、いきなり発症するのです」

「治りますか」

「いや、どうでしょう。わたしは、治癒した患者を知りません」

医者はこう言い下した。

仕方がなかった。ダルドルフの精神病院に入れようとした。だけど、泣き叫んで嫌がるので、手の施しようがなかった。挙句の果ては、例のおむつ一枚を両手で自分の胸に抱きしめて、決して離さそうとはしなかった。また、そのおむつを何度も眺め、眺めてはすすり泣く。また、どういうわけか、俺の病床を離れない。でも、これもちゃんと分かっての行動ではなさそうだった。ただ、時々思い出したように、こう叫ぶ。

「薬を。豊太郎に、いい薬を」


おれの病いは全快した。

エリスは生ける屍となった。

「エリス、エリスったら」

おれはなんどもエリスの両肩を揺さぶり、なんどもエリスの身体を抱きしめた。しかし、なんの反応もない。ただおれの涙が止まらないだけだった。

伯に随って、帰国の途に就く日が近づいて来た。おれは相沢に相談した。エリスの母に、ある程度の資金を与えて、頼んでおきたかったのだ。エリスの胎内に遺した子が、哀れな狂女の子が、なんとか暮らして行けるように。もちろん、廃人となったエリスも、だ。

ああ、相沢健吉のような良友は、この世で二人と得られないだろう。だけど、どうしてだろうか。おれの脳裏には、彼を憎む黒い陰が一点だけあって、今日までずっと消えずに残っているのである。

――了――

うたかたの記

上

人々の頭上で、数頭の獅子が車を引いている。

そのまた上を見よ。獅子たちが引く車の上だ。一人の女性が、勢いよく突っ立っているではないか。女神バヴァリアだ。先王ルードウィヒ一世が、この凱旋門に据えさせた女神像だ。

その下を抜ける。ルードウィヒ街を左に折れる。すると、目の前に、トリエント産の大理石で築かれた、美の塊のような建造物が現われる。

これがバヴァリアの首府でも、とりわけ美しいとの定評を持つ、美術学校の校舎だ。

校長ピロッチイの名は、あちこちにまで鳴り響いている。ドイツ内の国々は言うまでもないが、ギリシャ、イタリア、デンマークなどの外国にまで。そこで、国の内外あちこちから、若い彫刻家や画家たちが、この美術学校を目指して、数知れず集まって来る。

さて、ここの画学生たちの日常だが、あるグループは日課を終えたあと、決まって学校の向かいにあるカフェ・ミネルヴァという店に入る。コーヒーを飲んだり、酒を酌み交わしたりして、思い思いに戯れるのだ。

今夜も店内は、いつもと変わらない通常の風景だ。ガス燈の光が、半ば開いている窓に映えて美しい。若者たちの笑いさざめく声が賑やかだ。女給たちの嬌声も耳に入る。こんな盛り上がりの最中、入口に来かかった二人の姿が、半ば開いた窓から伺える。

先に立っている男は、こちらの画学生か。褐色の髪が乱れているのも気にしないで、幅広いスカーフをお洒落に斜めに結んでいる。

彼は立ち止まると、後ろの色の黒い小柄な男を振り返った。

「ここだよ」

彼は後ろの男に呟いて、ドアを開ける。

すぐに、タバコの煙が二人の顔を包み込んだ。いきなり店内に入った目には、中にいる人を見分けがたい。それほど煙っている。

日は暮れていても、まだ暑い時分だ。それでも、このカフェは窓をめいっぱい開け放ちはしない。それで、店内にはこんなにも煙が充満する。が、習慣になっているのだろう。誰も何とも言わない。

「エキステルじゃないか。いつ帰ったんだ」

「まだ生きていたのか」

「この女泣かせの、色男が」

口々にわざと野卑な言葉を掛ける。やはり、この褐色の髪の男は、店内の画学生たちと親しい間柄の者なのだろう。

また、周囲の客は口を半ば開けて、エキステルの後ろについて入ってきた男に顔を向けていた。

見つめられた男は、しばらく眉根に皺を寄せていた。周囲の客がじろじろと見つめてくる無礼さを嫌ったのか。しかし、すぐに気分を変えたらしく、微笑みを浮かべると、一座と店内を見渡した。

「ドレスデンのカフェとは、だいぶ雰囲気が違いますね」

この男は、今着いた汽車でドレスデンからやって来たのだった。それで、カフェの様子が、あちらとこちらでは異なると面白がった。

こちらのカフェにも、大理石のテーブルが何脚か設置されている。でも、目に付くのは、白いクロスが掛けっ放しのテーブルだ。客の夕食が終わったのに、まだ後片付けをしていないのだろう。あちらに比べて、こちらのカフェはいい加減、よく言えば庶民的か。

ボーイが自分の近くの客の前に、陶製のジョッキを置いた。白いクロスが掛かっていないテーブルの客だ。ジョッキを見ると、円筒形で、燗徳利を四本も五本も合わせた大きさだ。側面に弓なりの取っ手が付けられていて、飲み口は蝶番で繋いだ金蓋で覆っている。

別のボーイが、客のいないテーブルに、コーヒーカップを置いて行く。その所作を見ていると、あっちでもこっちでも逆さまに伏せて、糸底の上に砂糖を何個か盛った小皿を載せている。ドレスデンでは見慣れない光景だ。今来た男は、これも面白いと思った。

店内の客たちは、身なりも言葉もさまざまだが、髪を梳かず、服も整えないのは一様だ。それでも、あながち卑しくも見えない。これは、やはり芸術世界に身を置く若者たちだからか。

このとき、わっとばかでかい歓声が挙がった。今来た男がそっちに顔を向けると、中央の大きなテーブルからで、そこには際立って賑やかなグループが陣取っていた。

しかし、「えっ、なんで」と首を傾げるような光景だった。他のテーブルは、どこも野郎ばかりなのだ。それなのに、この中央のテーブルにだけ、少女が一人、仲間に加わっているのだった。

そして、その少女が、今エキステルに伴われて来た男の方に、顔を向けた。たちまち、二人の目が合った。するとどういうわけだろうか。互いに一瞬びくっとした。

少女にとって、今来た男がこのグループには珍しい種類の男だからか。また、今来た男には、少女の容姿が初めて会った男でも感動させるのに十分な美しさだったからだろうか。この少女は店内でも前つばが広く飾りのない帽子を被っている。顔を覗くと、まだ十七、八歳にしか見えない。でも、ヴィーナスの古い彫像をはるかに凌ぐ美しさだ。

しかも、少女の振る舞いには、持って生まれた気品が備わっている。そこら辺の平凡な女性とは比べようもない。

このとき、エキステルが隣のテーブルにいる男の肩を叩いて、何事かを語り始めた。

「エキステル！」

すると、少女は大きな声を張り上げて、彼を振り向かせた。

「こっちには人が居ないのよ。面白い話一つできる人が。この調子ではどの男もトランプに逃げ出したり、ビリヤードに走り去ったりしてしまうわ。こんな状態、サイテーよね。お連れの方と一緒に、こちらへいらっしゃらない？」

少女は笑顔で勧める。その声の清らかさに、今来た男は耳を研ぎ澄ました。

「マリイ様のテーブルに、誰が行かないものかは。いいか、みんなも聞け。今日、このカフェ・ミネルヴァの仲間に入れたいとお連れした人は、巨勢君といって、遠い日本から海を渡って来た画家だ」

いきなり、エキステルに紹介されて、ついてきた男は苦笑いした。それでも、中央のテーブルに近寄って行って、一同に会釈をしたが、立って名乗り返したのは外国人だけであった。この国の者はみな、坐ったまま片手をちょこっと挙げて、ヤッと答えるのみだった。だけど、侮っているのではないようだ。この挨拶が仲間のやり方なのだろう。

エキステルが、続けて口を開いた。

「僕がドレスデンを訪ねた理由は、君たちも知っているよな。身内に会いに行ったのだ。まあ、こんな個人的な事情はどうでもいい。巨勢君にはあっちの美術館で偶然出会った。ある名画の前で、二人とも長時間に渡って微動だにしなかったのだ。これがきっかけで、親交を結んだ。ところが、今回、巨勢君がここの美術学校にしばらく足を留めると言う。それならば、と僕も一緒に帰路に着いたのだ」

「そうか、なるほど」

仲間たちは巨勢に向かって、珍しい人と知り合えた喜びを述べた。

「はるばると遠く日本からねえ」

「浮世絵は知っているぞ」

巨勢に右手を差し出して、握手を求めて来た。

「一般の大学では、君のお国の人もときどき見かけるよ。でも、美術学校に来たのは君が初めてだな」

「今日着いたのか。それじゃ、絵画館や美術会の画堂などは、まだ見ていないよな。でも、よその土地で、ここ南ドイツの絵画を鑑賞した経験はあるのだろう。どうだい、南ドイツの画は？」

「それで、今回君がここに来た目的は、いったい何だい？」

テーブルの男たちは、巨勢に興味津津なのか、矢継ぎ早に口々に尋ねる。

マリイが質問の波を押し留めた。

「ちょっと、ちょっと。そう口を揃えて、餌を欲しがる小鳥のようにうるさくしないでよ。尋ねられる巨勢さんとやらの迷惑を、あなたたちは考えないの？　聞こうと思うなら、静かに。一人づつよ」

「さても女主人は厳しいな」

男たちが微苦笑を洩らした。

すると、巨勢がドイツ語で語り出した。彼のドイツ語は、アクセントこそ東洋人っぽいが、決して下手ではない。

「僕がここミュンヘンに来たのは、今回が初めてではないんだ。六年前に、ここを通過してザクセンまで行った。そのときは絵画館に飾られている絵画をただ鑑賞しただけで、学校で絵を学んでいる人たちと知り合う機会は作れなかった。なぜかと言えば、僕はドレスデンの美術館に、一刻も早く行きたかったからだ。もう気ばかりが急がれてね。なにせ故国を出立したときからの、第一の目的がドレスデンの美術館だったんだもの。だけど、再びミュンヘンに戻って、こうして君たちの集まりに加われた。この因縁は、きっと当時から結ばれていたんだね」

巨勢は一同の顔を見回すと、また言葉を続けた。

「『星菫調《せいきんちょう》』だ、大人げない、とけなさないで聞いてくれ。謝肉祭が終わる日のことだった。絵画館を出ると、ちょうど雪が止んだばかりでね、街路樹の枝が一本ずつ薄い氷に包まれて、点したばかりの街燈にきらきらと光輝いていた。街には風変わりな衣装を着て、白や黒の仮面をつけた人々が、群れをなして行き来していた。あちらこちらの家の窓には、タペストリーが垂らしてあって、道行く人の目を楽しませていた。カルル通りのカフェ・ロリアンに入ってみると、客たちが思い思いの仮装を競い合っていたので、その中に混じった平服の客がかえって引き立つ気さえした。これは皆、ダンス・ホールが、そうコロッセウムやヴィクトリアが、開くのを待っている人々なのだろう」

こう語るところへ、胸当てのある白いエプロンをかけた女給が、やって来た。彼女は例の陶製の大ジョッキを、四つ五つと取っ手を寄せて両手で握っている。その大ジョッキの中では、泡立つビールが溢れんばかりに揺れているのだろう。いや、実際は少しこぼれて、大ジョッキの外側と彼女の指を濡らしていた。

「新しい樽からと思って遅くなりました。ごめんなさいね」

彼女はこう謝って、前の大ジョッキを飲み干した人々に、新しい大ジョッキを手渡した。

すると、少女が大きな声を出して、女給を呼び寄せた。

「ここへ、この人へ」

少女は女給に言い付けて、巨勢の前に大ジョッキを一つ置かせた
巨勢は一口飲んで語り続けた。

「僕も片隅の長椅子に腰掛けて、店内の賑やかな様子を見ていた。すると、入口のドアが開いて、汚そうな十五歳くらいの少年が入って来た。

『栗はいかがですか。おいしいイタリア栗ですよ』

イタリア人の栗売りの少年で、周囲を気にしないばかりの大声で叫んだ。勇ましいな。生活がかかっているからな。そう呟いて、少年をよく見ると、彼は大きな箱を胸の前に抱え込んでいた。その箱の中には焼き栗を盛った紙筒がうず高く積まれていた。まだいくらも売れていないのだろう。このとき、この少年の後ろについて、もう一人が入って来た。おやっと思って目を遣ると、十二、三歳にしか見えない女の子だった。この女の子は鷹匠が被るような古びた頭巾を深々と被り、両手をめいっぱい前に伸ばして、浅い目籠の縁を握っていた。でも、その手の指が、凍えて赤くなっている。目籠の中を見ると、常盤木の葉が敷き重ねてあった。その上に菫の花束を愛らしく結んで載せている。菫の花束？　季節外れではないか。どのように手に入れたのか。

『菫です、菫はいかが』

女の子はうなだれたまま、首をもたげる所作もできずに呟いた。しかし、その声の清らかさは、今も忘れない。

この少年と女の子は、人種が異なるし、仲間とは見えなかった。きっと女の子は、イタリア人の少年が、店のドアを開けて中に入るのを待って、これを機に『えい、やっ』と入って来たのだろう」

巨勢は一息ついて、大ジョッキを傾けると、また話を続けた。

「この二人の様子が異なるのは、さっきも話した通り、すぐに僕の目に留まった。イタリア人の栗売りの少年は、人を人とも思わない実に憎らしげな態度だった。一方、菫売りの女の子は、見るからに優しくいじらしげな様子だった」

「おい、ちょっと。女の子を一方的に贔屓にしていないか」

近くに居た顔の赤い男が、大ジョッキを飲み干すと、巨勢を冷やかした。巨勢は右の掌を男に向けて、彼の言葉を抑えた。

「まあ、聞け。少年も女の子も、どちらも大勢の人の間を掻き分けて、フロアの中央を帳場の前あたりまで進んだ。すると、そこには大学生らしい男が、イギリス種の大型犬を侍らせて休んでいた。大型犬は栗の香りに反応したのだろうか。今まで腹這いになっていたのに、体を起こして、背中をくぼめ、四肢を伸ばすと、少年の栗箱に鼻を突っ込んだ。これを見て、少年がとっさに右手で払いのけた。すると、大型犬がびっくりして、少年の後ろについて来た女の子に突き当たった。

『ああ』

女の子は怯えて、手に持っていた目籠をとり落とした。すると、菫の花束は茎に銀紙を巻いていたので、きらきらと光りながら、床の四方に散らばってしまった。『面白いおもちゃを手に入れたぞ！』大型犬はこう舌なめずりをしたのだろう。菫の花束を踏みにじっては咥《くわ》え、また踏みにじっては前肢で引きちぎった。しかも、店内は暖炉のお蔭で暖かい。床は靴の雪が解けて濡れている。そこに菫の花束は落ちたので、泥土にまみれて、まさに落花狼藉、美しさの微塵も残っていない。周りの人々は、笑い転げたり、大声で罵ったりする。栗売りの少年はいち早く逃げ去った。学生らしい男は欠伸をしながら飼い犬をたしなめた。女の子は呆然として、身じろぎ一つもできないで、この一切合財を見つめていた。

それにしても、この菫売りの女の子が、泣き出さないのはどうしてか。どうして辛抱できるのか。つらさに慣れて涙の泉が枯れているのか。あるいは、ただただびっくりして、困惑しきっているのか。これで一日の生計が無になったとまでは考えられないのか。

しばらくすると、女の子は屈み込んで、砕け散った花束を力なげに集め始めた。二つ三つと拾い集めたときに、帳場にいた女給の知らせで、ここの主人がとんで来た。主人は赤ら顔で、腹が突き出た醜い体型の男だった。彼は白い大きな前掛けで、その醜い腹を隠そうとしているようだったが、隠し切れるものではなかった。それでも、その主人は左右の大きい拳を腰にあてて、仁王立ちをしながら、花売りの女の子を見下ろしていた。

一分か、二分か。緊迫した時間が過ぎ去った。

『おい、とっとと出て行くんだな』

ついに、主人が大声でわめいた。

『うちの店ではな、薄汚い行商や押し売りなんか、一切させない決まりなんだ』

すると、女の子は言葉もなく、ただ肩を落として、うなだれたまま店から出て行った。

この情景を、店中の客たちが仮面の奥の目で見ていた。見ていたのに、誰も一言の弁護もなく見送ったのだ」

巨勢は両手で拳を作って、テーブルを軽く叩いた。

「僕は白銅貨をコーヒー代として、帳場の石板の上に放り投げた。そして、女給から外套を受け取ると、急いで外に出てみた。菫売りの女の子は、まだ店の近くにいた。一人さめざめと泣きながら歩いていた。

『君、ちょっと君』

呼んでも振り返らない。僕は駆けるように歩いて追いついた。

『どうしたの、いい子だね、菫の代金をあげるから、しくしくしちゃだめだよ』

すると、女の子は初めて僕を仰ぎ見た。僕はどきっとした。まだ子供だと思っていたのに、その顔の美しさときたら。濃い藍色の目には、限りない憂いがある。女の子がその瞳でひとたび振り返れば、誰もがどうにか助けてあげたいと断腸の思いに打たれるはずだ。僕の財布にはマルクが七つ、八つ残っていた。その硬貨をすべて取り出して、女の子が手にしている籠の、空になった木の葉の上に置いた。女の子はただただ両目を見開いていた。僕は女の子が何も言わないうちに、その場から立ち去った。

でも、女の子の顔、女の子の瞳は、いつまでも僕の目に焼き付いて消えない。ドレスデンに行って、念願の美術館で、画を写す許可を得た。さあ、ヴィーナス、レダ、マドンナ、ヘレナ、いずれの顔も模写するぞ。そう張り切っていずれの画に向かっても、いつも不思議な事態に陥る。僕と画額との間に、菫売りの女の子の顔が霧のように現われるのだ。こうなると、もう絵を描くどころではない。美術館には出向かず、ホテルの二階に閉じこもって、長椅子の革カバーに穴があくくらい寝続けた時期もあった。

ある朝、勇気を奮い起こした。僕の持っている限りの力を込めて、この花売りの娘の姿を永遠に残そうと思い立った。でも、こうは決心しても、簡単な作業ではなかった。僕が見た花売りの目には、春の湖を眺める喜びの色はない。夕暮れの雲を見送る夢見心も皆無だ。イタリアの旧跡の間に立たせて、あたりに白鳩の群れを飛ばす、そんなのどかな背景も似合わない。僕は空想する。あの少女をライン川の岸の巌根に坐らせて、手に一張りのハープを持たせ、そのハープから、嗚咽の音色を出させるのだ。そうだ、これがいい。下流には一枚の葉のような、ごく小さな舟を浮かべよう。彼女は彼方に向かって両手を高く挙げ、顔には限りない愛を浮かべている。その小舟の周りには、水の精や精霊たちが数えきれないほど顔を出して、彼女を冷やかしている。今回、このミュンヘンの街に戻って来て、しばらく美術学校のアトリエを借りる。君たちは、もうこの真の目的がお解りだろう。行李の中にしまってある、ただこの一枚の画稿、これを君たち師友に批評してもらい、完成させようと願っての行動だ」

巨勢はいつしか自分を忘れるほど夢中になって話し込んだ。しかも、こう語り終わったときには、黄色人種特有の細い目が、きらりと光るほどだった。

「よくもまあ」

「ぬけぬけと」

「語りに語ったものだ」

二、三人の画学生が、こう呟いて苦笑いを浮かべた。

エキステルは静かに笑って聞いていたが、こう口を開いた。

「いいか、君たちみんな、その画を見に行くんだぞ。一週間もすれば巨勢君のアトリエは整うはずだからな」

マリイは巨勢の話の途中で顔色が変わった。目も巨勢の唇にばかり注がれた。いや、これだけではない。手に持ったジョッキまでが、巨勢の話のどこでそうなったのか、一度激しく震えたのだった。

巨勢はこの集まりに加わった初めからだった。この少女が自分の菫売りにそっくりだ。なんで、ここに。とびっくりしっ放しだった。しかも、菫売りの話をしてみると、少女は熱い視線で自分を見つめる。この眼差しは、間違いなく、あのときの菫売りの少女だ。

いや、これも例の空想の仕業か。この少女も霧のようなものなのか。

巨勢が語り終わっても、少女はしばらく口あんぐりと巨勢を見つめていた。それでも、こう口を開いた。

「あなたはその後、花売りを見掛けなかったのですか?」

「えっ」

巨勢はすぐに答えられなかった。しかし、一瞬間を置いて、こう言い放った。

「ええ、見ていません。その日の夕方の汽車で、ドレスデンを発ちましたから。でも、無礼な言葉をお咎めにならないのならば、思い切って申し上げます。僕の胸の中の菫売りの子も、僕のローレライの画の菫売りの子も、その折々に姿を見せてはぼくを悩ます菫売りの女の子は、何を隠そう間違いなくあなたです」

人々は声高く笑った。

「おい、おい。出逢った日に、いきなり求愛かよ」

少女は笑った男たちを一瞥して、お黙りと鋭く言い放った。そして、巨勢に顔を向けた。笑いを消去した顔だった。

「じゃあ、画ではないこの私の姿と、あなたとの間にも、その花売りの子が立っているのかしら。いったい、私を誰だとお思いになっているの?」

少女は立ち上がって、巨勢の顔をまっすぐに見つめた。ついで、真面目とも戯れとも知れない調子で、こう断言した。

「私がその菫の花売りよ。あなたのお心遣いへのお礼はこうよ」

少女はテーブル越しに伸び上がって、うつむいた巨勢の頭を平手で押さえると、その額に唇を押し当てた。

この騒ぎで、少女の前にあった酒瓶が、ひっくり返った。たちまち、少女のスカートがびしょびしょに濡れた。また、テーブルの上にこぼれた酒は、蛇のように這って、人々の膝に落ちそうになった。

巨勢は熱い掌を両耳に感じた。しかし、びっくりする間もなかった。すぐにまた、もっと熱い唇が額に押しつけられたのだった。

「おいおい、僕の友人だぜ、目を回させるなよ」

エキステルが少女に声をかけた。人々も椅子から半ば立ち上がって、口々に非難やからかいの言葉を吐いた。

「悪ふざけが過ぎるぜ」

「なんで僕らが継子扱いなんだ、くやしいじゃないか」

一人が舌打ちをして笑い出すと、他のテーブルの客たちも、みな興味ありそうにこっちを見つめていた。すると、少女の傍に居た一人が、おどけた声を出した。

「僕のお相手もして下さいな」

彼はこう言うやいなや、右手を差し伸べて、少女の腰を抱いた。

「触らないでよ、礼儀知らずな継子たちね。あなたたちにふさわしい口づけの仕方があるわ」

少女はこう叫ぶと、腕を振りほどいて、ぴんとまっすぐに突っ立った。そして、一座を睨みつけた。凄みがあった。その美しい目からは稲妻が出たかと思えるほどだった。巨勢はただ呆れに呆れて、この場の情景を見入っていた。でも、このときの少女の姿は、菫の花売りには似ていないし、またローレライにも似ていなかった。あえて譬えるならば、凱旋門上のバヴァリアだ。

バヴァリアはテーブルに右手を伸ばして、そこにあったコップを手に取った。このコップは、誰の物だか判らない。誰かが飲み干したコーヒーカップに、添えられていたものだ。彼女はそのコップを無頓着に唇にまで運ぶと、中の水を口に含んで、そのまま一気に噴き出した。

「継子よ、継子よ。あなたたちの誰が美術の継子ではないと言えるのよ？　フィレンツェ派が学ぶ美は、ミケランジェロやダ・ヴィンチの幽霊でしょ。オランダ派が学ぶ美は、ルーベンスやファン・ダイクの幽霊じゃないの。我がドイツ帝国のアルブレヒト・ドューラーの美を学んだって、そのアルブレヒト・ドューラーが幽霊でないのは稀でしょう。会堂にかかった習作が二つ三つ、いい値段で売れた暁には、あなたたちはいつもどうなるの？　おれらは七星、おれらは十傑、いやおれたちは十二使徒だな、と自分勝手に見立てて自慢し合うのがオチじゃない。こんな美のクズ野郎たちに、どうしてミネルヴァの熱い唇が触れてくれるの？　私の冷たい口づけで満足しなさい」

この演説は、バヴァリアの口から噴き出た霧の下で行なわれた。変な演説だった。巨勢には何とも理解できなかった。でも、現代絵画を批判した風刺だろうとは推測した。

こう思いながら、巨勢が少女の顔を仰ぎ見ると、女神バヴァリアの威厳は少しも崩れていなかった。バヴァリアは演説を終えると、またテーブルの上に手を伸ばした。そして、酒に濡れた手袋を取り上げると、大股に歩き始めて、店を出て行こうとした。

みんな興ざめの表情になった。

「狂っている」

一人が呟いた。

「近いうちに仕返ししてやるぞ」

他の一人が舌打ちをした。すると、バヴァリアは戸口で振り返って、さらなる悪態をついた。

「恨みに思うような所作かしら？　月の光で透かしてご覧なさいよ。額に血の跡が残っているかしら。吹きかけたのはお水でしょ」

中

不思議な少女が居なくなると、人々は張り合いを失ったのか、ほどなく解散した。

帰り道で、巨勢はエキステルに少女の情報を問い質した。

「ああ、美術学校でモデルをやっている少女の一人だよ。ハンスル嬢という名だ。ご覧のように奇怪な振る舞いが多いので、あれは狂女だとも言われている。また他のモデルと違って、人に肌を見せない。それで、身体に大きな傷痕か痣でもあるのだろう、と言いふらす者もいる。彼女の過去を知る者は皆無だ。それでも、教養があって、性格はあのように個性的で、しかも体を売るようなおぞましい行為はしない。だから、美術学生の間では、喜んで友とする者が多い。それに、モデルに適した美人顔なのは、ご覧のとおりだ」

エキステルは嬉しそうに答えた。巨勢もその調子を継承して、一息に言った。

「僕の画にも理想的なモデルだな。アトリエが整った日には、来てほしいと伝えてくれ」

「心得た。だけど、十三の花売りの小娘ではないぞ。裸体画の研究なんかしてみろ。心まで捉われて、危険だぞ」

「なに、裸体画のモデルはしない女だろ。さっき君が言ったんじゃないか」

「そうだったな。だけど、男と口づけをしたのも、きょう初めて見た」

エキステルのこの言葉に、巨勢はたちまち真っ赤になった。でも、街灯が暗いシラー記念碑のあたりだったので、友には気づかれなかった。

巨勢が泊まるホテルの前で、二人は片手を挙げて別れた。

一週間ほどが過ぎ去った。

エキステルが周旋してくれて、巨勢は美術学校のアトリエの一間を借りられた。その部屋は、南に廊下があって、北面の壁はガラスの大窓が半ばを占めていた。隣の部屋との仕切りには、ただ帆木綿の幌が垂れ下がっているだけだった。

六月も半ばを過ぎたので、学生の多くは旅行に出掛けていた。また隣に人の気配も感じないので、巨勢は仕事を妨げる心配がないのを喜んだ。

巨勢はイーゼルの前に立って、今アトリエに入ってきた少女にローレライの画を指さした。

「これが、あの夜、君に話した画です。みんなと冗談を言い合って笑い転げているときは、まず思わないのです。でも、一人で描いていると、君の面影が、この未完の人物にそっくり重なるときがあるのです」

巨勢の話を聞くと、少女はたちまち高く笑った。

「お忘れにならないで。あなたのローレライの元のモデル、菫売りの女の子は私ですと、先日の夜も告白したではありませんか」

少女はこう言い募ると、いきなり表情を改めて、付け足した。

「あなたは私の言葉を信じていないのね。確かに無理もないわ。世間の人は皆、私を狂女だと指差すもの。あなたも私を狂女だと嘲笑っているのでしょう？」

この言葉は冗談には聞こえない。

巨勢は半信半疑だったが、耐えかねて、少女に頼み込んだ。

「これ以上長く、僕を苦しめないでください。今も僕の額に燃えているのは君の熱い唇です。あれはきっと意味のない戯れに違いない。そう思い込む努力をして、無理やり忘れようと試みているのです。何度も、何度も、毎晩のように。それなのに、未だ迷いは晴れない。ああ、君の本当の身の上、本当の気持ちを、差し支えがなければどうか聞かせて下さい」

巨勢は溜息をつくと、窓の下の小机に頬杖をついた。その小机には、行李から出したばかりの、古い絵入り新聞が載っていた。また、使いかけの油絵の具の錫筒《すずづつ》も散らばっていた。さらには、巻き煙草の端が残っている粗末な煙管も転がっていた。そんな猥雑な小机だった。

一方、少女は前の籐椅子に腰かけて、わかったわと呟くと、ゆっくりと先を語り出した。

「まず、何から話しましょう。自分の名前でしょうか。私はこの学校でモデルの鑑札を受けたときも、ハンスルという名で通しました。でも、この名は私の本名ではありません。父の名はスタインバハです。父は今の国王に可愛がられて、いっとき名の知れた画家でした。私が十二歳のとき、王宮の冬のパーティー会場で夜会が催されて、両親ともに招かれました。ところが、宴がたけなわの頃に、国王の姿がぷっつりと見えなくなったのです。人々はびっくりして、熱帯草木の間を、「王様、王様！」とあちらこちら捜し回りました。でも、ガラス屋根の下では、冬でも温室効果があって、移植した熱帯草木が繁茂しています。なかなか、国王の姿を見つけられません。またこのパーティー会場の片隅には、タンダルジヌニスが彫刻したファウストと少女との有名な石像があります。父がそのあたりに来たときです。『助けて、助けて』と胸が裂けるような女の叫び声が耳に届きました。父がその声を頼りに、黄金の円天井が覆った東屋の戸口までやって来たときです。そこには薄暗く、気味の悪い影ができています。ガス灯の光が、周囲に茂った棕櫚の葉に反射して、濃い五色の窓ガラスを洩れて射し込んで来るからです。その隠微な光の中で、半裸の女が逃げようとして争っていました。女を引き止めているのは王です。その女の顔を見たとき、父の気持ちはどんなだったでしょうか。半裸の女は、私の母でした。父の妻です。父はしばし呆然となって、その場に立ち尽くしました。でも、すぐに自分を取り戻して、叫びました。

『お許しください、陛下』

父は王を押し倒しました。その隙に母は走って逃げました。王は不意をつかれて倒れただけなので、すぐに起き上がると、父に組み付きました。王は太っていて大きく、力もあります。また国王です。父がどうして敵うでしょう。組み敷かれて、傍にあった如露で頭部や顔面を手ひどく殴られました。国王のこの醜態を知って、内閣秘書官のチイグレルは、国王を諌めました。国王はチイグレルが不敬だと、ノイシュヴァンスタインの塔に押し込めようとしました。でも、その寸前に、彼を救う人が現れて助けられました。

その夜、私は家に居て、両親の帰りを待っていました。すると、下女が部屋に来て、父母が帰ったと伝えます。喜んで出迎えると、父は担がれて帰り、母は私を抱き締めて、ひたすら涙を流すのです」

少女はしばらく口を閉ざした。

空は朝から曇っていたが、つい今しがた雨に変わった。時々、雨滴が窓を打って、ハラハラと音を立てる。

巨勢が口を利いた。

「王が狂人となって、スタルンベルヒ湖に近いベルヒというお城にお移りになった――という記事は、昨日新聞で読んだよ。でも、その頃から、こんな破廉恥な事件を起こしていたのか」

少女がやっと言葉を継いだ。

「ええ、王は賑やかな土地を嫌って、田舎にお住みになる。あと、昼寝て夜起きていらっしゃる。これらの首を傾げる行為は、だいぶ前からです。王が中年の頃、普仏戦争が起こりました。王はカトリック派の国会を抑え込んで、プロシア方につきました。大きな功績ですよね。でも、お歳を重ねるに連れて、暴政の噂に覆われて来たのです。公に口にする者は居ないのですが、陸軍大臣メルリンゲル、大蔵大臣リイデルなどを、正当な理由もないのに死刑にしようとなさった。この愚行を、その筋で隠している事実は、誰も知らない者がありません。また、王がお昼寝をなさるときには、近衆をみな退けられます。でも、王がうわごとをおっしゃるのを何度も聞いた者が居るそうです。王は決まって『マリイ！』とお叫びになるそうです。私の母の名は『マリイ』でした。望みのない恋は、王の病を進めたのでしょうか。母の顔の美しさは、宮中でも類がなかったと聞いています。ところが、父に言わせますと、身びいきですが、私の顔は母にそっくりだそうですよ」

少女は声を出さないで笑った。

「そんな父も、間もなく病死しました。父は交際範囲が広く、物惜しみをしない性格で、その上世事にはきわめて疎かったので、家にお金は少しも残りませんでした。それからというもの、ダハハウエル街の北の外れで、裏通りの二階が空いていたので、そこを借りて住みました。でも、そこに移って、すぐに母も病みました。こういう状況に落ちると、変わりゆくのは人の心です。数知れない苦しみが、幼い私の心を変えて、早くも世間の人を憎ませたのです。明くる年の一月、謝肉祭の頃でした。家財や衣類なども売り尽くして、日々の煮炊きの煙さえ立てられないまでに陥ったのです。もう、どうしようもありません。私は貧しい子どもの群れに入り混じって、菫を売る卑しい業を覚えました。でも、母が亡くなる直前の、三、四日の間は、心穏やかに送れました。これは、すべてあなたのお蔭です」

少女は巨勢の顔を見つめて、あなたは本当に恩人です、あなたのお蔭で、私は菫売り以下の業には落ちませんでした、と呟いた。

「母の葬儀を出すのに、お世話になった人たちが居ます。一階上に住んでいた裁縫師の夫婦です。哀れな孤児を一人放っておくなんてできない。そう言って、迎えてくれたのです。

私は喜びました。でも、今になると、喜んだなんて、地団太を踏むほど口惜しい思い出です。裁縫師には娘が二人いて、この姉妹はわがまま放題に物を選り好みしては、私に自慢します。養女になってからは、来いと言われれば、夜でも伺いました。この裁縫師宅には、夜でもしょっちゅう客があります。客たちは、お酒を飲んで笑い、罵り合い、大声で歌い出します。客は外国人が多いのですが、お国の学生なども見えていました。私はこの客たちの接待をさせられるのです。

ある日、主人が私にも新しい服を着ろと言いつけました。でも、そのとき、その場に居た男が、私を見てにやりと笑ったのです。その笑い顔が何となく不気味で、子ども心にも新しい服を着るのが嬉しくはありませんでした。昼を過ぎた頃、四十歳くらいの知らない男が来て、スタルンベルヒの湖に行こうと言うのです。すると、どういうわけか、主人も一緒になって私に勧めるのです。スタルンベルヒの湖は、父が生きて居たときに、連れられて行った場所です。あのときの嬉しさは、まだ忘れていません。それで、父との思い出もあって、しぶしぶ承知しました。すると、『それでこそ、いい子だ』と皆がほめました。連れの男は、道中ではただただ優しく私を扱いました。湖に着くと、バヴァリアという座敷船に乗りました。その船の食堂にも連れて行かれて、何か食べさせられました。いいえ、何を口に入れたのか、覚えていません。お酒も勧められましたが、飲んだ経験がないので、お断りしました。ゼースハウプトに船が着いたとき、その人はまた小舟を借りて、これに乗って遊ぼうと言い出します。空が暮れて行くので、私は心細くなって、もう帰りたいと言いました。でも、男は聞いてくれません。勝手に漕ぎ出して、岸辺に沿って流されて行くうちに、人気のない葦の間に来ました。すると、男はそこに舟を停めました。私はまだ十三歳で、初めは何も解りませんでした。ところが、いきなり男の表情が変わって、私に近づいて来たのです。私は恐ろしくなって、夢中で水に飛び込みました。

しばらくして我に返ったときは、湖畔の漁師の家で、貧しげな夫婦に介抱されていました。帰る家もなければ、家族も居ないと言い張って、一日二日と過ごすうちに、質朴な漁師夫婦に馴染みました。思い切って、不幸な身の上を打ち明けると、夫婦は気の毒がって娘として養ってくれました。ハンスルという名は、この漁師の名前です」

少女はここまで話すと、大きく息を吐き出しました。

「こうして私は漁師の娘となりました。でも、元がお嬢さん育ちの身では弱っぽちくて、舟の櫂を執る作業もできません。そこで、レオニのあたりに住んでいた、裕福なイギリス人に雇われて、小間使いになりました。養父母はカトリックを信じていたので、イギリス人に使われるのを嫌がりました。しかし、私が読書を覚えたのは、イギリス人の家に居た家庭教師のお蔭です。その女教師は四十数歳で独身でした。彼女はその家の高慢な娘よりも、私を深く愛してくれました。それで、三年ほどの間に、さほど多くもないのですが、家庭教師の蔵書を、あれもこれもすべて読破できました。と言いましても、まあ読み間違いもさぞ多かったでしょう。また、本の種類もまちまちでした。クニッゲの交際法があれば、フンボルトの長生術も読みました。ゲーテ、シラーの詩は半ば暗記して、キョオニヒの通俗文学史も紐解きました。それにルーブルやドレスデンの美術館の画を写真に撮った絵画集も頁を広げましたし、テーヌの美術論の訳書も漁りました」

少女は少し胸を張ると、初めて声を出して笑った。

「でも、このイギリス人一家が、去年帰国したのです。それで、この後も、しかるべき家に奉公したいと思いました。だけど、私は身元がよくないので、地元の貴族の家では使ってもらえません。そんなとき、この学校のある教師に、思いがけず見出されたのです。モデルを勧めました。これが縁となって、ついには鑑札まで受けたわけです。でも、私を有名なスタインバハの娘と知る人は居ません。今は美術家の間に立ち交じって、ただ毎日を面白く暮らしています」

「でも、私が読んだ本の作者の中でも、グスタフ・フラタハだけは、さすがに嘘を書いてはいませんでしたわ。美術家ほど世間で行儀の悪い者は居ないと言うのです。その通りだわ。女の私が独りで、彼らの間を立ち回るのは危険極まりなくて、少しも油断ができないの。同じ美術家でも、父は特別な人だったのですね。それで、学校の人たちとも、寄らず、触らずにお付き合いしようと思っていたら、思いもかけず、あなたがご覧になったような、奇怪な、くせ者の女になってしまったのです。ときどきは自分自身でも、狂人ではないかと疑うほどだわ。これにはレオニの裕福なイギリス人の家で読んだ文章も、少しは祟《たた》っているのかと思うけれど。もしそうならば世間で博士と呼ばれる人は、そもそもどんな狂人なのでしょうか。私を狂人と罵る美術家たちは、自分たちが狂人でないのを悲しむべきだとは思いませんか。英雄や豪傑、名匠や大家となるには、多少の狂気がなくては。ゼネガだって書いているではないですか。『狂気を抱えていない大天才は、未だかつて存在した試しがない』って。それから、シェイクスピアも同じ意味の台詞を残しているわ」

「ほら、ご覧なさい。私の学問の広さを。狂人として見て貰いたい人が、じつは狂人ではないと見抜かれてしまう、この深い悲しみったら。また、狂人にならなくてもよい国王が、じつは狂人になってしまったと耳にする、これも悲しいわ。悲しいことばかりが多いので、昼は蝉と一緒に泣き、夜は蛙と一緒に泣いても、可哀相にと言ってくれる人も居ない。それでも、あなただけは、私をつれなく侮ってお笑い草にはしないでしょ？　そう思ったの。それで、心のままに語ってしまったの。どうかお咎めにならないで下さいね。ああ、それにしても、こういう話をするのも狂気かしら」

下

変わりやすい天候で、あっと言う間に雨が止んだ。曇った窓ガラスを通して、窓外を見遣ると、美術学校の庭の木立が揺れている。

少女の話を聞いていると、巨勢の胸の中では、さまざまな感情が湧き起こってぶつかり合った。ある瞬間は、昔別れた妹に、偶然出会えた兄の気持ちに高まった。またある瞬間は、廃園で倒れたヴィーナスの像に、独り悩んでいる彫刻家の気持ちに沈み込んだ。またある瞬間は、妖婦に心を動かされ、罪を犯すまいと自分を戒めている修行僧の気持ちを味わった。でも、あれもこれも、すべてを聞き終わった瞬間は、徒に胸が騒いだ。体が震えた。思わず少女の前に跪《ひざまず》きたくなった。

ところが、少女はいきなり立ち上がると、傍の帽子を手に取って、頭上に載せた。

「この部屋、蒸し暑くありません？　雨も上がったし、もう校門も閉められる頃合いでしょう。どうです？　今から私と、スタルンベルヒへ行きませんか？　あなたと一緒なら、あそこの忌まわしい思い出も掻き消せそうなの」

少女の語りっぷりは、巨勢が同行を承諾すると、少しも疑わないようだった。はたして、巨勢は幼児のように頷いて、ただ母に手を引かれる子供のようについて行った。

校門の前で辻馬車を拾った。乗り込むと、ほどなく停車場に着いた。今日は日曜だった。でも、天気が悪かったからだろう。近郷から帰る人も少なく、停車場は美術館のように静かだった。

停車場の片隅で、女性が新聞の号外を売っていた。買って見ると、国王がベルヒの城に移って、容体が穏やかなので、侍医グッデンも護衛を緩めさせたと書いてあった。

汽車の中は、湖畔の避暑客が多かった。買い物で首府に出て、その帰りらしい。彼らは王さまの噂で喧しかった。

「王さまは、ホーエンシュヴァンガウのお城におられたときとは、ご様子が違うようだ。どうやら、お心が落ち着いたらしい。ベルヒに移られる途中、ゼースハウプトで水を求めてお飲みなさった。そこで、近くにいた漁師たちに目を遣って、優しく頷きなさったそうだ」

老女が、大声を出して、訛った言葉で語った。買い物籠を手に提げていて、どこかの別荘の召使いと思われる。

汽車は一時間ほど走ると、スタルンベルヒに着いた。時刻は夕方の五時を回っていた。たとえ徒歩でも、一日かければ着く距離だろう。でも、もうアルプスが目の前に迫っている。曇りがちの空模様だけれど、胸を張って大きく息を吸い込むと、なんともはや気持ちがいい。

汽車はあちらこちらと迂回しながら進んで来た。だけど、丘陵がぱっと開けたと思ったら、広々とした湖水が見渡せた。

この停車場は、湖の西南の隅に位置する。東岸の林や漁村は、夕霧に包まれていて、まるで水墨画のように微かにしか望めない。でも、山に近い南の方は、どこまでも際限なく見渡せる。

少女に案内されて、巨勢は右手の石段を上った。すると、そこは「バヴァリア」というホテルの前の庭だった。屋根もない庭だけれど、石のテーブルに折りたたみの椅子が用意されていた。今日は雨の後なので、しんとして人の姿もほとんど見当たらない。

ボーイは、ホテルの従業員らしく、黒い上着に白の前掛けをきちんとつけている。その彼が何かぶつぶつと呟きながら、テーブルに倒した椅子を起こしては、雨水を拭き取っている。

ふと顔を向けると、片側の軒に沿って、蔦蔓を絡ませた棚が掛かっていた。その下では、グループ客が円卓を囲んで騒いでいた。

彼らはこのホテルの宿泊客に違いなかった。男女が混じっていたけれど、その中に、先日の夜、カフェ・ミネルヴァで見掛けた人がいた。巨勢は近づいて行って話し掛けようと、一歩を踏み出した。ところが、少女が巨勢を押し留めた。

「あそこに陣取って居る連中は、あなたがお近づきになっても、いいような人たちじゃありません。私は若い男性のあなたと二人だけで、ここに来ました。でも、恥ずべきはあちらであって、こちらじゃないわ。彼は私を知っているから、ご覧なさい、いつまでもゆったりと坐ってなんかいられないから。すぐに身を隠すはずよ」

はたして、少女の言ったとおりだった。その美術学生は、そそくさと立ち上がると、ホテルの館内に入って行った。

少女がボーイを呼び寄せて訊いた。

「座敷船は、まだ出航していますか」

すると、ボーイは飛び行く雲を指さした。

「この空模様では、もう出ないと思います」

それならば、と少女は言いつけた。

「レオニまで、馬車を走らせて下さい」

馬車が来たので、二人は乗り込んだ。御者に命じて、停車場の脇から、東の岸辺を走らせた。このとき、アルプス下ろしが、さっと吹き去った。たちまち、湖水に霧が立ち込めた。今出てきた場所を振り返ると、見る間に鼠色が濃くなって、ホテルの棟や木の頂などはひときわ黒く染まって見えた。

御者が振り返って訊いて来た。

「雨だね。幌で覆うかい？」

「いいえ、けっこうよ」

少女は即答すると、巨勢に顔を向けた。

「気分がいいわ、この遠出は。ねえ、聞いてくれる？　昔、私が命を失いそうになったのは、この湖の水の中なのよ。また命を拾ったのも、この湖の水の中なのね。だから、大事なあなたに、私の本心を打ち明けるのは、ここしかない。そう思ってお誘いしました。カフェ・ロリアンで屈辱的な目に合ったとき、あなたは救って下さった。そのあなたと、また会いたい。この思いを生きる糧にして、何年忍んだ日々だったでしょう。先日の夜、ミネルヴァで、あなたのお話を耳にしたときの、舞い上がるような嬉しさったら。私は常日頃から、内心では美術学生たちを木の端のように下らないと思っているの。でも、私自身もその仲間に加わっている。あなたの前では、その私自身が我慢できなかったの。それで、わざと人を馬鹿にして、無理にも不敵な振る舞いをしました。ねえ、あなたはそんな私をどう見ていたの？　はしたないとご覧になったのでしょう？　でも、人生はそんなに長くないわ。嬉しいと思う刹那には、口を大きく開けて笑うべきなのよ。それができないと、後でくやしいと思う日が、必ず来るでしょう？」

こう言いながら、かぶっていた帽子を脱ぎ捨てて、巨勢を振り向いた。その顔は、白い大理石の紋様に、熱い血が流れ込むようだった。また、金髪が風に吹かれている様子は、首を振って長くいななく、駿馬のたてがみのようだった。

「今日よ、今日しかないのよ。昨日なんか、何ができるの。明日も、あさっても、そんなの虚しい名だけ、虚しい言葉だけよ」

このとき、二つ三つと、大きい雨粒が車上の二人の服を打った。あっと思う間もなかった。瞬く間に激しい雨になった。湖上からの横しぶきも、紅潮した少女の片頬に荒々しくかかった。巨勢はそっと少女の顔を覗いた。少女は相変わらず美しかった。でも、巨勢の心はただただ茫然となっていくばかりだった。

このとき、少女が伸び上がって叫んだ。

「御者さん、チップを弾むわ。速く走って、速く。鞭を。ねえ、鞭を」

少女は右手を伸ばして、巨勢のうなじを抱き締めると、自分はうなじを反らせて空を仰ぎ見た。

巨勢は抵抗しないで、少女の肩に自分の頭を預けた。少女の肩は綿のようにふわふわで柔らかかった。巨勢は夢見心地で、そこから少女の顔を見上げた。少女は凱旋門の上の、女神バヴァリアだ。巨勢の胸に、また女神バヴァリアの雄姿が去来した。

馬車がベルヒ城の下を通り掛かった。ここに今、国王が住んでいるのか。巨勢がそう思ったとき、雨がいよいよ激しくなった。湖水の方に目を遣った。一陣の風が吹き寄せて、濃淡の縦縞を織り出していた。水面が濃い色の所では雨が白く、水面が淡い色の所では風が黒く見える。

御者が車を停めた。

「ちょっとの間、お待ちを。お客さんたちだって、こんなに雨に濡れては風邪を引いちまいますよ。それにいくらおんぼろでも、この車をびしょびしょにすると、おいらが主人にぶっとばされちまうんでね」

御者は手早く幌を引いて、馬車を覆うと、また馬に鞭を当てて先を急いだ。

雨は降り続いた。いっこうにおさまる気配を見せなかった。それどころか、雷までがおどろおどろしく鳴り始めた。

道は林の間に入った。この国の夏の太陽は、まだ高いはずなのに、木の下の道は薄暗かった。

林の草木は、夏の太陽が蒸していた。それが強い雨で潤って、草木本来の香りを車の中に流し込んだ。二人はそれを思い切り吸い込んだ。まるで喉の渇いた旅人が、湧き水をガブ飲みするように。

ナイチンゲールは恐ろしい天気にも怯えないのだろうか。それとも、怯えてだろうか。雷鳴の絶え間に、玉のように美しい声を振りたてて、何度となくさえずるのだった。まるで独りで寂しい道を歩む人が、わざと大声を張り上げて歌いながら前進するようだった。

マリイは両手を巨勢のうなじに絡ませて、身を持たせかけてきた。このとき、稲妻が光った。その光は、木々の間を洩れて、二人の顔を照らした。すると、二人はどちらからともなく顔を見合わせて、どちらからともなく微笑み合った。

ああ、二人は我を忘れ、乗っている馬車を忘れ、馬車の外の世界をも忘れ去った。

林を出て坂道を下っていくうちに、風が群雲を追いやったので、雨は降りやんだ。湖上の霧も、重ねた布を一枚、二枚と指で剥ぐように、あっと言う間に晴れ渡った。今では、西岸の人家も手に取るように見える。雨の名残を探せば、あちこちの木陰を通り過ぎるたびに、梢に残る露が風に払われて落ちて来る、ただこれだけだろうか。

レオニで馬車を降りた。

左に高く聳えているのは、いわゆる「ロットマンの丘」だ。風景画家だったロットマンが、ここから俯瞰する眺望が一番美しいと洩らしたとかで、「湖上第一勝」と書かれた石碑が建っている。右にはレストランが店を構えていた。湖を臨める好位置だ。音楽家のレオニが開いたレストランだという。

少女は、巨勢の腕に両手をからめて、すがるようにして歩いていた。でも、この小料理屋の前に来ると、丘の方を振り返った。

「私を雇ったイギリス人が住んでいたのは、あの丘の半腹の家でした。老いたハンスル夫妻の漁師小屋も、あと百歩ほど向こうにあります。あなたをそこへお連れしようと思って来たのに、胸騒ぎがして苦しいから、この店で少し休みたいわ」

巨勢は「わかった」と答えると、レストランに入って、夕食を注文した。でも、ボーイはお盆を胸に抱えて、困ったような顔をする。

「お食事は七時でないと整いません。あと三十分ほど、お待ち戴かないと」

ここは夏の間だけ繁盛する避暑地なので、ボーイもその年ごとに改めて雇うらしい。このボーイも、マリイの顔を知らなかった。

「もう、いいわ」

マリイはいきなり立ち上がると、桟橋に繋がれたボートを指さした。

「ボートの漕ぎ方は、ご存知？」

「ええ。ドレスデンに居たとき、公園のカロラ池で漕いだ覚えがあります。手慣れたものさと自慢するほどでもないけれど、あなた一人をお乗せするくらいはなんでもありません」

「よかった。庭の椅子は、濡れているでしょ。そうかと言って、屋根の下では暑すぎます。しばらく、ボートに乗っていませんか」

「そうしましょう」

巨勢と少女はレストランを出ると、岸辺に向かった。そこで、巨勢は夏外套を脱いで、少女に着させると、片手を取ってボートに乗せた。自分も乗り込むと、櫂を取って、力強く漕ぎ出した。

雨は止んだが、空はまだ曇っていた。そのためか、まだ七時前だと言うのに、向こう岸はもう暮れなずんでいた。

荒い波が続けざまに押し寄せて、巨勢が握り締める櫂を叩いた。先の強風が水面を煽った名残だろうか。それでも、巨勢は荒い波に負けないように、力を込めて、櫂を操った。岸に沿って、ベルヒの方へ漕ぎ戻すうちに、レオニの村落を外れるあたりにまでやって来た。すると、岸辺の木立を切り取った場所が見えた。目を凝らすと、そこは砂地の道が次第に低くなっていて、波打ち際には長椅子までが置いてあった。

このとき、さわさわと音がした。ボートが葦の茂みに触れたのだ。同時に、岸辺に人の足音がして、木の間から人の姿が現れた。太っていて、背も見上げるほどに高い。黒い外套を着て、右手に蝙蝠傘をすぼめて持っている。その左側には、少し下がって随っている男の姿も見えた。その男は鬚も髪も雪のように真っ白な老人だった。

前の大男はうつむきながら歩いている。つばの広い帽子をかぶっているので、顔は隠れて見えなかった。この大男は木々の間を抜け出ると、湖水の方へ向かって来た。そこで立ち止まって、片手で帽子を脱いだ。顔を上げた。見ると、長い黒髪を後ろに流して、広い額を惜しみもなく出していた。顔色は灰のように蒼い。それなのに、窪んだ目に宿る光は、人を射るような、異常な鋭さだった。

ボートの中では、マリイが巨勢の外套を背中に羽織ったまま、船底にうずくまっていた。マリイはその姿勢のまま、岸に立つ大男を見つめていた。ところが、いきなりびっくりしたように立ち上がって叫んだ。

「あいつが、王よ」

マリイの背中から、巨勢の外套が船底に落ちた。帽子は端《はな》から被っていない。ボートに乗る前に、レストランに置いて出て来た。それで、マリイの乱れた金髪の先端が、白い夏服の肩に柔らかくかかっているのが、はっきりと見てとれた。

岸に立っている大男は、まさに国王だった。国王が、侍医グッテンを引きつれて、散歩に出ていた。

その国王が岸辺に立ち尽くした。立ち尽くして、少女の姿をうっとりと眺めていた。現実か幻か、決めかねている様子だった。

「マリイ！」

王が一声叫んだ。出し抜けだった。出し抜けに一声叫んで、持っている傘を投げ捨てると、岸の浅瀬を渡って近づいて来た。

少女は「あっ」と叫ぶと、たちまち気を失って、前のめりに倒れた。巨勢は助けようと両手を伸ばしたが届かない。ボートがバランスを失って、大きく傾いた。と同時に、少女はうつ伏せのまま湖水に転げ落ちた。

湖水はこのあたりからだんだんと深くなっていた。でも、傾斜は緩やかだった。ボートが停泊していたあたりも、水深は就学前の子供の身長くらいしかなかっただろう。

しかし、岸辺の土は、粘土混じりの泥だ。王の両足はそこに深く入り込んで、不自由に足掻いている。

その隙に、王に随っていた老人が、これも傘を投げ捨てて、湖水に飛び込んで行った。この老人は老いても力は衰えていなかった。水を蹴って、二歩三歩と、王に追いすがった。ついには、王の襟首に手を伸ばして、そこをしっかりと握ると、岸に引き戻そうとした。

王は引っ張られまいと踏ん張ったので、外套が上着とともに脱げて、老人の手に残った。老人はこれを放り投げて、なおも王を引き寄せようと力を込めた。王は振り返って、鬼のような形相で、老人に組みついた。両者は互いに声さえ洩らさず、しばらく揉み合った。

でも、これらはただ一瞬の出来事だった。

一方、少女がボートから転落するとき、巨勢は辛うじて少女のスカートの裾を掴んだ。しかし、少女は葦の間に隠れていた杭で、胸をしたたかに打った。少女の体は、そのまま力なく湖底に沈もうとする。これをようやく引き揚げると、男二人が水際で争うのを振り向きもしないで、やって来た方へボートを漕ぎ出した。

巨勢は何としても少女の命を助けたかった。ただこれだけだった。男二人が水際で揉めていても、その意味を考える余裕もなかった。

レオニのレストランの前の岸まで戻った。でも、ここには立ち寄らなかった。漁師夫妻の小屋が、そこから百歩ほどの近さだと聞いていたので、そこを目指して漕ぎ続けた。

日はもうとっぷりと暮れていた。岸辺には柏や樺の枝が繁り合って、互いにめいっぱい自分を広げていた。水は入り江の形をなしていた。その水中で、夕闇に微かに見えるものがある。水草が葦に混じりながら咲かせている、可憐な白い花だった。

ボートには、少女が倒れ込んでいた。髪が乱れて、顔は泥水にまみれ、そのうえ体中に藻屑が絡みついていた。この少女を、誰が哀れとは思わないだろうか。

折しも、ボートにびっくりして、一匹の蛍が葦の間から岸の方へ高く飛んで行った。

ああ、この小さな光は、少女の魂が抜け出たものではないのか。

しばらくすると、小屋の灯が見えた。今まで木陰に隠れて見えなかったのだろう。

近寄って、大きな声で尋ねた。

「ハンスルさんの住まいは、ここですか」

すると、傾いた軒端の小窓が開いて、白髪の老女がボートを覗き込んだ。

「今年もまた、水の神が生贄を求めた結果かね。主人はあいにく昨日からベルヒ城へ召集されて、まだ帰ってないよ。それでも、手当てをしてみるなら、こっちへ」

白髪の老女は落ち着いた声で言って、窓の戸を閉めようとした。巨勢は思わず声を荒げた。

「マリイですよ、水に落ちたのはマリイです、あなたのマリイです」

「マリイ、だって」

老女は聞き終わらないうちに、桟橋の畔に飛び出して来た。窓も開け放っしのままだ。老女は泣きじゃくりながら、巨勢を手助けして、少女の体を小屋に抱き入れた。

中へ入ってみると、半ばを板敷きにした一間しかない。小さなランプが、火をともしたばかりらしく、かまどの上で微かに部屋を照らしている。四方の壁には、キリスト一代記の粗末な彩色画が描かれていた。でも、これも煤に包まれて、全体的にぼうっとしか見えない。

藁で火を焚いて、少女を介抱した。が、少女は蘇らない。巨勢は老女と遺体の傍で、夜通し嘆き明かした。なんて可哀相な人生なのだ。消えて跡形もない、水の泡のような、うたかたの一生か。

時は西暦で一八八六年六月十三日の夕方七時、バヴァリア王ルードウィヒ二世は、湖水に溺れて崩御なされた。また、年老いた侍医グッテンも、王を救おうとして、ともに命を落とした。グッテンの顔には、王の爪痕が残されていた。この恐ろしい凶報に、翌十四日の首府ミュンヘンの騒動は、尋常ではなかった。

街の角々には、人だかりができていた。彼らが見つめているのは、黒く縁取った張り紙で、王の訃報を報せた文章だった。

新聞も号外を出した。王の遺体を発見したときの様子に、さまざまな憶測がつけられていた。その号外を人々が争って買いあさった。

街の至る所で、兵卒が制服を着て、点呼に応じていた。またバヴァリア兵が黒い毛を植えた兜をかぶっていたり、警察官が乗馬や駆け足で行き違ったりしていた。このように、街中の混乱は、言いようがないほどだ。

この国王は長く国民に顔をお見せにならなかった。でも、やはり痛ましく思って、憂いを帯びた顔の人も、街には多く見える。

美術学校でも、この王の噂で持ちきりだった。新たに入った巨勢が、行方知れずだと、心配する者は居なかった。でも、エキステル一人は友の身を気遣っていた。

六月十五日だった。王の棺は真夜中にベルヒ城を発って、早朝にミュンヘンへ移された。美術学校の学生で、この葬列を迎えて帰った者が、カフェ・ミネルヴァに引き揚げたときだった。エキステルはもしやと思って、巨勢のアトリエに入ってみた。すると、巨勢がローレライの画の下で跪いているのだった。この三日で相貌が他人のように変わって、身体も著しく痩せた様子だった。

レオニに近い漁師ハンスルの娘が、同じ時に同じ湖で溺死した。この訃報は、国王の不慮の死に覆われて、問う人もないまま、闇の奥にうたかたと消え去った。


――了――

文づかい

皇族のお一人が、星が岡茶寮で、ドイツ会を催されました。この殿下は、自らも滞独経験をお持ちでいらっしゃいます。このドイツ会と申しますのは、洋行帰りの将校たちが集まって、順を追って自分の留学体験を語る会です。

「小林大尉、今夜は君の話を聞きたい。殿下も待ちかねていらっしゃるぞ」

「自分、ですか」

小林大尉は、くわえた煙草を口から離して、灰を火鉢の中へ振り落としました。彼はまだ大尉になって間もないと見える少壮士官です。

「では、僭越ながら」

小林大尉は断りを入れた上で、ドイツのみやげ話を語り始めました。

＊

自分はザクセン軍に配されて、秋の演習に参軍致しました。この時の、ラーゲヴィッツ村近辺での体験です。対抗戦の訓練はすでに終了していましたので、この日は仮想敵に攻め込む訓練でした。

小高い丘の上に、敵に見立てた兵士を、まばらに配置していました。地形の起伏、木立、田舎の人家などを巧みに盾に使って、四方から攻め寄る訓練です。様子が珍しくて壮観だったので、近郷の住民たちがここかしこで群れをなして見物していました。いや、男たちばかりではありません。その中には、年若い女性たちも混じっていました。年若い女性たちは黒いビロードの胸当てをして、小皿を伏せたような縁の狭い笠に、晴れがましくも草花を挿しています。まさに異国情緒がたっぷりです。

自分は誠に不謹慎ではありますが、どこかに別嬪は居ないかと、携えた双眼鏡で、あちらこちらを慌ただしく眺め回しました。すると、居るではありませんか。向かいの丘の一群の中に、際立って奥ゆかしく感じられる少女が混じっていたのです。

九月初めの秋の空が、この地方では稀ですが、濃い藍色に染まっております。はたして、このような藍色は、この日限定でしたが。でも、元より空気は透き通っております。遠くを眺めれば、どこまでもどこまでも、鮮やかに見通せます。

さて、この一群の中央です。馬車を一両留めさせて、若い貴婦人が何人か乗っているのが見えます。さまざまな服の色が互いに映えて、花や錦が集まっているように華やかです。立っている人の腰帯、坐っている人の帽子の紐などが、ひらひらと風にたなびいています。その傍で、白髪の老人が馬に乗っています。角ボタンで留めた緑の狩猟服に、薄い褐色の帽子をかぶっています。ただこの恰好だけからの印象ですが、何となく由緒がありそうな、一角の人物に見えます。

少し下を覗きますと、少女が白馬を控えています。自分の視線は、しばらくその少女に留まりました。その少女は鋼鉄色の渋い乗馬服を裾長に着ています。黒い帽子には、白い薄絹を巻いております。この帽子をまっすぐにかぶって、背をぴんと正した姿勢からは、気高さすら感じます。日本風に言えば、差し詰め「武士の娘」と言ったところでしょうか。

このとき、向こうの森陰から、騎兵や歩兵が隊列を組んで勇ましく現れました。人々がこの勇姿を見ようとざわめき出します。でも、少女は振り向きません。付和雷同しないのです。歳若い少女なのに、心憎いではないですか。

「おい、おい。見る方角が違うぞ。どこに心を留めているのかな」

軽く肩を叩かれました。振り向くと、目の前に長い八字髭、それもブロンド色の、が迫っていました。フォン・メエルハイム男爵という中尉で、同じ大隊の本部に配属されている人でした。

「あそこにいる方々を眺めているのか？　ビュロウ伯の一族だよ。ビュロウ伯は、デウベン城の主で、私の知り合いだ。しかも、今夜の本部の宿が、そのデウベン城と決まったんだ。なんなら、君が彼らと言葉を交わす機会を拵えてやろうか」

彼がしゃべり終わったとき、騎兵や歩兵が徐々にこちらの左翼に迫っていました。メエルハイムは「おっ、いけねえ」と声を出して、あわてて駆け去りました。

この人と自分のつきあいは、じつはまだそれほど長くはなかったのです。でも、彼はいい奴だと、今でも思っています。

攻め寄せる軍勢が丘の下まで進んだ時点で、今日の演習が終わり、例の審判も終わりました。私はメエルハイムと一緒に、大隊長の後ろにくっついて、今夜の宿に急ぎました。道は中高《なかだか》で美しく舗装されていて、切り株が残っている麦畑の間をうねっています。時々、水音が耳に入ります。これは自分たちが、木立の向こうを流れるムルデ川に、近づいているからでしょう。

大隊長は四十三、四歳と思われる人です。髪はまだ深い褐色を失ってはいません。でも、その赤い顔を見ますと、もう額には横皺が目立っています。質朴で言葉は少ないのですが、二言三言目には「おれ個人としては」と断る癖があります。

その大隊長が、突然メエルハイムの方に顔を向けました。

「そう言えば、デウベン城には、君のいいなづけが待っているんだよな」

「勘弁してださい、少佐。私にはまだいいなづけなんておりません」

「そうなのか。悪かったな。おれ個人としては、イイダ嬢を君のいいなづけだと思い込んでいたのだ」

二人がこう話す間に、道はデウベン城の前に出ました。低い鉄柵が庭園を囲んでいます。その鉄柵の左右を結んだ所から、砂の道が奥に向かってまっすぐに伸びていて、その終点に古びた石の門があります。石の門を入りますと、白槿《しろむくげ》の花が咲き乱れている奥に、白亜に塗った瓦葺《かわらぶき》の高い建物が聳えています。その南の方には、これまた高い石の塔があります。一目でエジプトのピラミッドに倣って造った塔だと判ります。

使用人たちが、揃いの制服を着て、出迎えてくれました。我々の今夜の宿泊を知ってのお出迎えです。一人の使用人に案内されて、白い石段を上って行きました。庭園の木立の間から、ルビーように赤い夕日が洩れて、石段の両側に控えている人頭獅身のスフィンクスを照らしていました。

ドイツ貴族の城の中に入るのは、初めてです。中の様子には、甚だ興味がありました。正直に吐露します。じつは、初夜のようにわくわくしていました。

また屈託なく申しますと、先ほどの馬上の美人、遠くから望んだあの美人は、どんな女性なのでしょうか。

これらは、みな謎で、みな楽しみです。自分は好奇心を強く刺激されていました。

四方の壁をきょろきょろして、丸天井を見上げます。鬼神や竜蛇が自由自在に描かれていて、好き勝手に暴れ回っていました。部屋には「トルーヘ」という長櫃のような家具が、ところどころに据えてありました。柱には獣の頭部の彫刻や古代の盾や刀槍などが飾られています。連ねた部屋をいくつか通り過ぎて、ようやっと上階に案内されました。

ビュロオ伯は、伯爵夫人とともに、この二階の部屋で寛いでいました。伯は普段着と思われる黒の上着に着替えており、長椅子に両足を組んで坐っていました。大隊長が部屋に入ると、伯は立ち上がって、右手を差し出しました。伯と大隊長とは、かねてから親しい仲らしく、二人は快さそうに握手を交わしました。大隊長は伯に自分を紹介してくれました。すると、伯は自分の目を見つめながら、胸の底から絞り出すような低くて太い声で自身の名を告げました。自分も名乗り返して、握手を交わすと、伯はメエルハイムに顔を向けました。

「よくぞお越しになった」

伯はメエルハイムに軽く会釈をしました。

夫人は伯よりも老いて見えました。動作が重いのです。でも、心の優しさが目の色に出ています。夫人はメエルハイムを傍に呼んで、何やらしばらく囁いていました。

「今日はさぞ疲れたでしょう。どうぞ、構いません。先にお休みなさい」

伯が使用人を呼んで、自分たちを部屋へ案内させました。自分とメエルハイムは、東向きの同部屋でした。窓辺に立つと、ムルデ川の波が、窓の真下の磯を洗っているのが目に入りました。また向こう岸の草むらの緑は、まだ真夏のようで、色褪せてはいませんでした。その後ろの柏の林には、夕霧がかかっています。

川の流れを見遣ると、右手の方に折れ曲がっていて、こちらの陸が膝頭のように出ているのが見通せます。そこに田舎の人家が二、三軒あって、真っ黒な粉挽き車の輪が中空に聳えています。左手の方には、水に臨んで突き出している高い建物の一部屋が見えます。

ところが、このバルコニーのようなところの窓が、見ているうちに観音開きに開いたのです。びっくりして目を凝らすと、少女の頭が三つ四つ折り重なって、こちらを覗いていました。でも、白馬に乗っていた人は居ませんでした。

メエルハイムは軍服を脱ぐと、手洗い鉢の傍に寄って来て、窓辺の自分に頼みました。

「あそこは若い女性たちの居間でね。悪いが、その窓をとっとと閉めてくれないか」

日が暮れて、食堂に招かれました。自分はメエルハイムと並んで食堂に向かいました。

「この家には、若いお嬢たちが、やけに多いな」

自分はメエルハイムに呟きました。

「ああ、前は六人も居たのだ。でも、一人は私の友人のファブリイス伯に嫁いでね、今残っているのは五人だな」

「ファブリイスって、国務大臣の家か?」

「そうだよ。大臣の夫人は、ここの主人の姉さんだ。私の友人というのは、大臣の長男だ」

食卓に就いてみると、五人のお嬢たちも、みな思い思いに装って坐っていました。いずれも美しい。でも、その中で、上の一人が目立ちました。上着もスカートも黒を着ているのです。珍しい人だなと思って、よく見ると、このお嬢が先ほど白馬に乗っていた女性でした。

ほかのお嬢たちは日本人が珍しいようで、自分を遠慮なくじろじろと眺め回しました。伯爵夫人が自分の軍服をお褒めになりました。すると、その言葉を受けて、お嬢の一人が言い足しました。

「黒い地に黒い紐が付いているでしょ、そこが、なんか、ブラウンシュワイフの士官にそっくりじゃない？」

でも、すぐに桃色の顔をした末のお嬢が、唇を尖らしながら反発しました。

「どこがよ？　そんなの、そっくりでもなんでもないわ」

まだあどけなく、軽蔑の色も隠さないので、皆は可笑しさに堪えられませんでした。誰しもが顔を赤らめ、その顔をスープが盛られた皿の上に伏せて、声を殺して笑っていました。

でも、黒い服のお嬢は、睫毛さえ動かさないのでした。

しばらくすると、幼いお嬢が、先の罪をあがなおうとでも思ったのでしょう。こんな言葉を吐き出しました。

「でも、この人の軍服は上も下も黒でしょ。これは、まあ、イイダのお好みね」

すると、黒い服のお嬢が振り向いて、幼いお嬢を睨みつけました。この目は常に遠くの方にばかり彷徨っているのです。でも、ひとたび人の顔に向かうと、言葉にもまして心を表わしました。

今睨んださまは、笑みを浮かべながら、こっぴどく叱りつけたように見えました。

自分はこの末のお嬢の言葉で、そうか、この人のことかと合点がいきました。先に大隊長が言い洩らした、メエルハイムの婚約者イイダ嬢とは、この黒い服のお嬢ではないですか。

そう気づいてみると、メエルハイムの言葉も振る舞いも、このお嬢を敬愛していると見えなくもありません。どうやら、この二人の仲は、ビュロオ伯夫妻も許していらっしゃるのでしょう。

さて、イイダというお嬢は、背が高く、ほっそりとしています。五人の若い貴婦人のうちで、このお嬢だけは髪が黒いのです。またこのお嬢は、そのよくものを言う目が蠱惑的です。でも、この目を除けば、他のお嬢たちを凌駕して美しいかは疑問です。たとえば、眉間にはいつも少し縦皺があります。顔色も蒼く見えます。まあ、これは黒い服のせいかもわかりません。

食事が終わって、隣の部屋に移りました。そこは小さなカフェのような場所です。寛ぐためなのか、ソファアと言う長椅子が、これは、軟らかくて脚がきわめて短い長椅子なのですが、何脚も置いてあります。この部屋ではコーヒーのもてなしがありました。いや、コーヒーだけではありません。給仕が小さいグラスにブランデーを注ぐと、トレイと呼ぶお盆にのせて、何杯も持って来ます。主人の好物なのでしょう。でも、主人のほかには誰も取りません。いや、大隊長だけは、手を伸ばしました。

「女王は、どこだ？」

「女王様ですか？」

「そうだよ、女王がいい。おれ個人としては、リキュールの女王、シャルトリョオズを」

彼は口癖の言葉を吐くと、一息に飲み干しました。

このとき、自分が立っている背後の薄暗い方で、怪しい声が叫び出しました。

「おれ個人としては、おれ個人としては」

びっくりして振り向くと、この部屋の隅に大きな針金の鳥籠が吊るしてありました。その中で、赤と緑の派手な色のオウムが、大隊長の言葉をまねたのでした。

お嬢たちの誰かが、思わず呟きました。

「まあ、嫌なオウムね」

「いや、おれ個人としては、可愛いオウムだ」

大隊長自身はそう答えると、声高に笑い出しました。

主人は大隊長と煙草を吸い出して、狩猟の話をしようと、隣の小部屋へ移りました。末のお嬢が、先ほどから自分を見つめています。珍しい日本人に、もの言いたげな表情です。自分は笑顔を作って、末のお嬢に尋ねました。

「この鳥は人の言葉を話すのですね、頭がいいな。あなたが飼っているのですか」

「いいえ、誰のオウムとも決まっていないわ。私も可愛がっているけれど。ちょっと前まで、鳩をたくさん飼っていたの。でも、人に馴れすぎてまつわりつくのよ。それをイイダが顔をしかめて嫌がるの。だから、みんな人にあげてしまったわ。でも、このオウムだけは、違うの。なぜかあの姉君を憎んでいる。姉君になつかない。それがたまたま幸いしたの。だから、今も飼われているのよ。変でしょ？」

末のお嬢がオウムの方に首を差し出すと、姉君を憎むという鳥は曲がった嘴を開いて、同じ言葉を繰り返しました。

「変でしょ？　変でしょ？」

この間に、メエルハイムがイイダ姫に近寄って、何か頼んだ様子でした。でも、イイダ姫は首を横に振って引き受けませんでした。伯爵夫人がそれを見て、脇からイイダ姫に言葉を添えられました。ところが、イイダ姫はさっと立ち上がると、二人に背を向けて、ピアノに向かったのです。使用人がイイダ姫を追って、あわてて燭台を左右に立てました。

「どの譜面をお持ちしましょうか？」

メエルハイムがこう言いながら、楽器の傍の小テーブルに歩み寄ろうとしました。

「いいえ、譜面は要らないわ」

イイダ姫は冷ややかに答えると、おもむろに指先を鍵盤に下ろしました。たちまち、金石を打つような冴えた音色が響き渡りました。

演奏が複雑になるにつれて、姫の瞼の下に朝霞《かすみ》のような色が現われて来ました。ピアノの音色は、澄んだ音が続きます。まるで長い水晶の数珠をゆるやかに引くようです。こんな時は、ムルデ川もしばらくは流れを止めるのではないでしょうか。また時として、鋭い音が立ち続きます。こんな時は、刀槍が一斉に鳴り響くように聞こえます。この城のご先祖は、旅人を脅かす強面だったそうです。でも、そのご先祖もびっくりして、きっと百年の夢を破られたでしょう。

ああ、この少女の本当の気持ちは、いつも狭い胸の内に閉じ込められているのです。しかし、それを表わす言葉が見つからない。それで、その繊細な指先から、ピアノの音色に化けて、本当の気持ちが迸《ほとばし》り出るのでしょう。

イイダ姫が鍵盤を叩き続けます。弦の音色の波が、このデウベン城を漂います。人も自分も浮いたり沈んだりして、時間の波に流されて行くのでしょう。イイダ姫のピアノの音色は、ただその無常を感じさせるのです。

演奏はまさにたけなわでした。さまざまな弦の鬼どもが、この楽器の内に隠れていたのです。その彼らが一匹ずつ、限りない怨みを訴えている――

こんな演奏が終わると、今度は鬼どもが一斉に泣き叫び出しました。もう地獄です。地獄の阿鼻叫喚です。

このとき、不思議な現象が起こりました。城外に笛の音が聞こえたのです。たどたどしくも、イイダ姫のピアノに合わせようとけなげです。

イイダ姫は、夢中になって鍵盤を叩いていました。しばらくは笛の音に気づかずにいました。ところが、ふと耳に入ったらしく、出し抜けに演奏を乱しました。ピアノは何かが砕け散るような音を出しました。イイダ姫はさっと演奏をやめて、たちまち席を立ちました。姫の顔はいつもの何十倍も蒼くなっていました。

お嬢たちは顔を見合わせて、ささやき合いました。

「あの男よ」

「唇が異形で醜い男ね」

「いつもの、ばかげたちょっかいよ」

いつしか、城外の笛の音は絶えました。

主人の伯爵が小部屋から姿を見せて、自分に詫びを入れました。

「イイダの即興は、気が変になりそうだろ。私たちにはいつもの沙汰で珍しくもないが、君はさぞびっくりされただろう。申し訳ない」

「いえ、自分の耳にこびりついているのは、イイダ姫のピアノの音色ではありません。絶えた笛の音です」

「笛の音?」

伯は眼を大きく見開きました。

「ええ」

「なにも耳にしなかったけれどな」

「そうですか」

自分は唖然としたまま、部屋へ戻りました。でも、今夜見聞きした出来事が気になって、なかなか寝付けません。

メエルハイムは、隣のベッドです。見ると、彼もまだ起きていました。あれもこれも訊いてみたい。でも、さすがにイイダ姫との関係については憚ります。

「さっきの笛の音って、なんか怪しいですよね。誰が吹いていたのか、ご存じですか」

自分はこれだけ訊いてみました。すると、男爵は自分の方に顔を向けて、そうさなと半身を起こしました。

「それについては、ちょっとした物語を知っている。私も今夜はなぜか眠れない。ちょうどいい。起きて話して聞かせよう」

＊

自分たちは、まだ温もってもいないベッドを降りました。窓の下の小机で向き合って、煙草を燻らしていると、さっきの笛の音がふたたび窓の外で始まりました。途絶えたり、続いたりして、鶯の雛が鳴き声を試しているみたいでした。

メエルハイムは軽く咳払いして、それから鷹揚に語り始めました。

「十年ばかり前の話だ。ここから遠くないブリヨーゼンという村に孤児が居た。もちろん、哀れな孤児だ。彼が六つ七つのときに、流行の病で、いっぺんに両親を亡くした。また彼自身の唇の形が、鏡を覗き込むと、自分でも顔を背けたくなるほど醜かった。そんなこんなで、村中の大人が、彼の面倒をみようとはしなかった。彼はほとんど餓死寸前に陥った。そんなある日、彼は乾燥させたパンはありませんかと、この城へ物乞いに来た。その頃、イイダ姫は、十歳ほどだった。お嬢は可哀相に思って、その少年に食べ物を与えた。またおもちゃの笛が手許にあったので、それも与えて、『これを吹いてみて』と求めた。だけど、その少年は唇の形が異常なので笛を銜えられない。イイダ姫はその姿を見て、『あの見苦しい口を治してあげてよ』とあたりかまわずむずかった。母である夫人が聞いて、『幼い者が心優しく言うのだから』と、医師に縫わせたのだよ」

「そのときから、あの少年は城に残って、羊飼いとなった。イイダ姫からのおもちゃの笛は、もちろん後生大事に離さない。後には自ら木を削って、本物の笛を作るようにもなった。笛を吹く稽古はひたすらした。すると、誰が教えたわけでもないのに、あのような音色を自然と出すようになった」

「一昨年の夏だった。私が休暇を戴いて、この城に来ていた時だ。ここの一家が、遠乗りをしようと出掛けた。ところが、イイダ姫の白馬がとりわけ速く、私の馬だけがついていけた。すると、狭い道の曲がり角で、枯れ草をうずたかく積んだ荷車に遭遇した。イイダ姫の白馬は怯えて跳び上がり、姫は鞍に跨ったまま、辛うじて堪えていた。私は当然助けに行こうとした。しかし、このとき、傍らの高く積まれた草の向こう側で、あっと叫ぶ声が聞こえた。と同時に、羊飼いの少年が、飛ぶように駆け寄って来て、姫の白馬の轡《くつわ》の端をしっかりと握って押し鎮めた。この少年は牧場に暇さえあれば、見え隠れに姫の背中を慕って追っていたのだった。姫はこの事件からその事実を知って、人をやって少年に物を与えなさった。でも、どういうわけか、姫自身とのお目通りは許さない。少年も、姫とたまたま出会っても、姫が言葉をおかけにならないので、自分を嫌っていらっしゃると思い込んだ。その挙句、少年も自ら姫を避けるようになった。だが、今でも遠くから姫を見守る気持ちを忘れてはいない。夜になると、姫が暮らしている部屋の窓の下に、少年は好んで小舟を繋ぐ。そして、小舟の底に枯れ草を敷いて、その上で眠っている」

メエルハイムの話を聞き終わって、自分たちが眠りに就く頃には、東の窓のガラスが、もうほんのりと明るくなってきました。少年の笛の音も、とっくに絶えていました。ところが、この夜、イイダ姫が自分の夢に現れたのです。

姫が馬に乗っているのです。ところが、その馬が、見る見る黒くなるのです。怪しいと思って、目を凝らしました。すると、その馬の顔は人の顔で、唇が裂けています。

でも、夢の中です。姫がこの馬に跨っているのは、なんでもないように思われるのです。しばらくまた眺めていると、姫と思った顔はスフィンクスの頭で、瞳のない目を半ば開いています。また馬と見たのは、前足をおとなしく揃えている獅子でした。しかも、このスフィンクスの頭上には、オウムが止まっているのです。オウムは自分の顔を見て、声を立てて笑います。『変でしょ？　変でしょ？』憎たらしいったら、ありゃしない。

翌朝目が覚めて、部屋の空気を入れ替えようと、窓を押し開けました。すると、朝日が向こう岸の林を照らしています。そよ風がムルデの川面に細かい波紋を描いています。水に近い草原には、羊も群がっています。気持ちのいい朝です。

でも、このとき突然、一人の男が目に入りました。背がきわめて低い少年です。それなのに、少年の着ている萌黄色のキッテルという上っ張りの丈が、あまりにも短いのです。黒い脛《すね》が剥き出しになっています。少年は手に持った鞭を振り回して、面白そうに空気を鳴らします。でも、振り回すたびに、ぼさぼさの赤毛が振り乱れて、まるで鬼のようです。

この日は部屋で、朝のコーヒーを飲みました。昼頃、大隊長とグリンマという土地に行って、狩猟愛好家の会堂に顔を出す予定でした。国王が演習をご覧にいらっしゃって、その後で宴を開かれます。その宴にも呼ばれるはずなので、正服を着て待っていました。すると、主人の伯爵が馬車を貸してくれて、石段の上まで見送ってくれました。

自分は外国士官なので、特別扱いで、今日の会に招かれました。本来は将官、佐官だけが集まる会なのです。それで、メエルハイムは城に残りました。

会堂は、田舎ながら、思いのほか立派で美しい建物でした。食卓の器も王宮から運んできたというだけあって、純銀の皿やマイセンの磁器などが並んでいました。この国の焼き物は、東洋の窯を手本にしたそうです。でも、染め出した草花などは、我が国の磁器とは似ても似つかない色合いです。

でも、ドレスデンの王宮には、陶器の間という部屋があるそうです。そこには、中国や日本の花瓶の類が、おおかた備わっているとも聞きます。

国王陛下には、このとき初めて謁見しました。優しい容貌の白髪の老人です。応対の言葉遣いも、たいそう巧みでした。ダンテの『神曲』を独訳なさったという、ヨハン王の子孫だからでしょうか。

「我がザクセンに、日本の公使が置かれる折は、きょうのよしみで、あなたが着任するのを待とうじゃないか」

このように微笑みながらおっしゃる。

我が国では、古いよしみがある人だからといって、公使に選ばれるような例はありません。こういう任に当たるには、別に履歴がなくては不可能です。でも、国王はこの種の詳細な事情はご存知ないのでしょう。

ここに将校百三十余人が集まりました。この中に、きわめてたくましく立派な容貌の目立つ人が居ました。老将官で、騎兵の服を着ています。あの方はどなたかと訊いたら、国務大臣ファブリイス伯だとの答えでした。

夕暮れに城に戻ると、石の門の外まで、少女たちの笑いさざめく声が響き渡っていました。車を停めると、早くもなついた末のお嬢が走って来ました。

「姫君たちがクリケットの遊びをなさるの。あなたも仲間に入りませんか？」

「クリケットですか？」

「おい、君。姫君たちの機嫌を損ねるなよ。おれ個人としては、服を着替えて休む方がいいけれどな」

大隊長が笑いながら言うのを後ろに聞いて、末のお嬢について行きました。すると、ピラミッドの下の庭園で、お嬢たちはもう遊びの最中でした。

芝生のところどころに、鉄の弓をドーム型に伏せて差し込んであります。その弓の下に五色の玉を潜らせるのです。まず五色の玉を靴の先で押さえて、それを横向きに小槌を振って打ちます。上手な者は百に一つも間違いません。でも、下手な者はやり損なって、自分の足を打ったと叫んで、慌てふためいたりします。

自分も制服に帯用した剣を解いて、この遊びの仲間に入りました。ところが、打っても、打っても、球はあらぬ方向へ飛んで行ってしまいます。お嬢たちが声を合わせて笑います。たかがお遊びなのに、自分は負けん気が強いのでしょう。心から悔しくて、残念な気持ちに落ち込みました。

そこへ、イイダ姫が帰って来ました。メエルハイムの肘に指先を掛けています。でも、表情を伺うと、打ち解けているとも見えません。どうしたのでしょうか。

メエルハイムは自分に顔を向けて話し掛けて来ました。

「どうだ、今日の宴は面白かったかい?」

しかし、自分が答える前に、彼はもう皆の方へ歩み寄っていました。

「私も仲間に入れてください」

「あら、この遊びにはもう飽きたわ」

お嬢たちは顔を見合わせて笑いました。ついで、お嬢の一人が尋ねました。

「姉君とご一緒だったのでしょう、どちらへいらっしゃったの?」

「見晴らしのいい岩角のあたりまで行きました。でも、このピラミッドには及びませんよ。ところで、小林君は明日、私の隊とともにムッチェンの方へお発ちになります。君たちの中でどなたか、小林君を塔の頂上へ案内して、粉挽き車の向こうに汽車の煙が見える情景をお見せになりませんか」

するると、口が早い末のお嬢ですら、まだ何とも答えないうちに、もう声を出したお嬢がいました。

「私が」

思いもかけないイイダ姫でした。イイダ姫は口数が少ない人の習いでしょうか、自らの言葉とともに、さっと顔を赤らめました。でも、そのまま先に立って歩き始めるので、自分はいぶかりながらもついて行きました。残されたお嬢たちは、メエルハイムの周りに集まったようで、声が聞こえてきます。

「ねえ、夕ご飯まで、お話を聞かせて」

「ねえ、ねえ、おもしろいお話」

さて、この塔は庭園に向いた方に窪んだ階段を造って、その頂上を平らにしていました。階段を上がり下がりする人も、頂上に立っている人も、下からはっきりと見えます。イイダ姫が平然と『私がご案内しますわ』と口にしたのも、姫の心の裏側まで考えて怪しむ必要はありません。

イイダ姫はとんとんと軽い身のこなしで走るように塔の上り口まで行くと、こちらを振り返りました。どうやら、急かされているようです。自分はあわてて追いつくと、石段への一歩を先に立って踏み始めました。

姫は一足遅れて上がって来ます。でも、息が切れて苦しそうなので、何度も休みを取って、ようやっと上に着きました。すると、屋上は思いのほか広い場所でした。周りを低い鉄の欄干で囲って、中央に大きな切石を一つ据えています。

今や自分は下界を離れたこの塔の屋上で、夢に見、現に思う少女と差し向かいになりました。昨日、ラーゲヴィッツの丘の上から、はるかに初対面した少女です。双眼鏡を通してでも、不思議に心を引かれた少女です。いえ、決して、卑しい物好きの興味本位の気持ちからではありません。またもちろん、言うまでもありませんが、好色な気持ちからでもありません。

ここから望むと、ザクセン平野の景色が、たとえようもなく美しいのです。でも、自分が気にしているのは、この少女の心です。少女の心の中には、茂った林もあるでしょうし、深い淵もありそうなのです。

少女は険しくて高い石段を上って来たので、顔が紅潮しています。しかも、まぶしいほどの夕日に照らされて、一段と紅が増したようにも見えます。苦しい呼吸を鎮めるためでしょうか、中央の切石に軽く腰かけて、自分を見遣ります。あのものを言う瞳が、今厳しく自分の顔に注がれています。この姫は、いつもは決して見映えしません。ところが、今は美しいのです。先に珍しい空想の曲を奏でたときよりも、さらに美しいのです。どうしてでしょうか、著名な彫刻家が刻んだという、墓の上の石像にそっくりで、神々しいとさえ思いました。

姫は言葉せわしく、一気に語り掛けて来ました。

「あなたのお心を知ってのお願いがあるのです。こう言いますと、昨日初めて会ったのに、言葉もまだ交していないのに、どうしてと怪しまれるでしょう。でも、私は軽々しく迷っているわけではありません。あなたは演習が済んで、ドレスデンにいらっしゃれば、王宮にも招かれ、国務大臣のお屋敷にも迎えられるでしょう」

イイダ姫はここで言葉を切ると、服の間から封をした手紙を取り出して、自分に手渡しました。

「これを人知れず、大臣の夫人に届けてください。人知れず」

大臣の夫人はこの姫の伯母に当たります。姉君までその家に嫁いでいらっしゃるのです。どう考えても、初めて会った外国人の助けを借りるまでもないでしょう。またこの城の人に知られたくないのならば、秘かに郵便にして送れば済むでしょう。なぜこう用心して稀有な行動をなさるのか。この姫は気が狂っているのでしょうか？

だが、これはほんのしばらくだけの疑問でした。姫の目はよくものを言うだけではなく、人があえて口にしない言葉までもちゃんと読み取るらしいのです。

姫が言い訳をするように言葉を継ぎ足しました。

「ファブリイス伯爵夫人が、私の伯母だとは聞いていらっしゃるでしょう。私の姉もあちらにいます。でも、姉にも知られたくないのです。それでどうしても、あなたの助けをお借りしたいのです。ここの人への気遣いだけならば、郵便も有効でしょう。でも、一人で外出することが稀な我が身では、郵便も難しい状態だと思いやってください」

「わかりました。承知致しましょう」

姫には本当に深い事情があるのだろう。こう思って承諾しました。

夕日は城門に近い木立から虹のように洩れていました。川には霧が立ち込めています。人の顔がはっきりとは見えない時刻です。

「下りましょうか」

「そうですね」

早めに塔を下りました。それでも、お嬢たちはメエルハイムの話を聞き終わっていて、自分たちを待ち受けていました。

「遅いわ」

「そうかしら」

ついで、自分が言い訳を口にしました。

「ごめんね。石段の途中で、疲れて休んでいたものだから」

みんなで連れ立って、新たな灯火を輝かせている食堂に入りました。今夜はイイダ姫が昨日と違います。楽しそうにみんなをもてなします。メエルハイムを見ると、彼の表情にも喜びの色が見えていました。

明朝、ムッチェンの方を目指して、この城を発ちました。秋の演習はそれから五日ほどで完了して、自分の隊はドレスデンに帰りました。

早速、自分はゼー・ストラーゼに行って、そのお屋敷を訪ねました。先日フォン・ビュロウ伯の娘イイダ姫に誓った約束を果たそうとしたのです。でも、現地には、もとよりその土地の習慣があります。冬になって、まだ交際の時節が来ないうちに、このような貴族に会うのは容易ではありません。隊付きの士官などの通常の訪問は、玄関の傍の一部屋に案内されて、そこで名簿に自分の名前を記入したら終わりです。こんなわけで、約束を果たそうと思うばかりで、いっこうに果たせませんでした。

この年も隊務が忙しいうちに暮れました。エルベ川上流の雪解けで、蓮の葉のような氷塊が緑の波に漂っていました。

王宮の新年は、それはもう華々しいです。寄木細工の床は、足元が危ないくらいにロウ磨きを施してあります。自分は国王の御前近くに進んで、正服の国王の麗しい立ち姿を拝見しました。

それから二、三日が過ぎた時です。国務大臣フォン・ファブリイス伯の夜会に招かれました。オーストリア、バヴァリア、北アメリカなどの公使の挨拶が終わって、人々が氷菓子に匙を下ろしていたときです。自分は今だと思い、伯爵夫人の傍に歩み寄りました。夫人に手短に事情を述べて、首尾よくイイダ姫の手紙を手渡しできました。

一月中旬に入って、昇進任命などを受ける士官とともに、自分は奥のお目見えを許されました。正服を着込んで王宮に参上すると、人々と一部屋に輪状に立って、臨御を待ちました。すると、背が曲がりよろけている式部官に案内されて、王妃がお出ましになりました。王妃は式部官に士官の名を言わせて、その士官一人ひとりに言葉をかけ、手袋を外した右手の甲にキスをおさせになりました。

王妃は黒髪で背が低く、褐色のご衣装もあまり見映えしません。その代わりに、声音はたいそう優しいのです。

「あなたはフランス戦で功があった、あの方の一族ですか」

このように親しくおっしゃるので、どの士官も嬉しく思うに違いありません。

王妃に随って来た式の女官は、奥の入口の敷居の上まで出て、右手に畳んだ扇を持ったまで直立不動の態勢です。この女官の姿は非常に気高く、鴨居と柱を枠にした、一枚の画のようでした。

自分は何気なくその画のような女官の一人に目を遣りました。

「えっ」

思わず、声が出ました。

「どうして、ここに」

なんと、この女官がイイダ姫でした。

＊

王都ドレスデンの中央、エルベ川を横切る鉄橋の上から、王宮の窓を望んだとします。その窓はシュロス、ガッセといった城通りに跨っています。そして、今夜はとりわけ光り輝いているでしょう。一般の人々が憧れを強める、そんな王宮の窓の輝きです。

自分も数に洩れず、今夜の舞踏会に招かれました。それで、アウグスツスの大通りで、馬車が余って列をなしている間をすり抜けて参上しました。

今、一両の馬車が玄関に横づけになりました。貴婦人が車内から下りると、毛皮の肩掛けを随身に手渡して、車の中に納めさせました。その貴婦人は金髪を美しく結い上げています。まっ白い襟足がまぶしいほど露わです。警備の者は、腰に剣を差しています。今さっきそのいかつい警備の者が、車の扉を開けたのです。でも、その貴婦人は彼を振り返りもしないで、王宮に入って行きました。

自分は、その貴婦人の車がまだ動かず、次に待っている車もまだ玄関に寄せない間合いをはかりました。そして、槍を持って左右に並んでいる熊毛の軍帽の近衛兵の前を通り過ぎると、赤い敷物を一直線に敷いている大理石の階段を駆け上ったのです。この階段の両側のところどころには、黄羅紗に緑と白の縁を取った制服を着て、濃紫の袴をはいた男が、うなじを屈めて瞬きもせずに立っています。昔はここに立つ人が、おのおの自分で手燭を持ったものだそうです。でも、今は廊下や階段にガス灯を用いるきまりになって、この習慣が消滅しました。

階上の広間からは、古風な吊り燭台のろうそくの火が、遠くまで光の波を漲らせています。本当に、遠くまでです。数知れない勲章、肩章、女性の衣装の飾りなどを射て、先祖代々の肖像画の間に挟まれた大鏡に照り返されています。この荘厳な光景を、自分のつたない言葉で話せば、ただちに平凡に陥ってしまうでしょう。

式部官が金色の房のついた杖を手にしています。この杖がパルケットという寄木細工の床に触れて、とうとうと鳴り響きました。すると、ビロード張りの扉が、一斉に音もなくさっと開きました。たちまち、広間の中央に、一筋の道が自然と開かれました。そして、今夜の六百人という客が、皆「く」の字型に体を曲げたのです。貴婦人たちは、ドレスを背の中ほどまでも開けて、肌を見せています。その肌の上部で、まっ白いうなじが艶めかしくも美しい。軍人の襟は、金糸の縫い模様が目立ちます。またブロンドの高い髷を結っている、そこはかとなく優美な人も居ます。これらの人々の間を、王族の一行がそれは優雅にお通りになります。

先頭には、舎人《とねり》が二人並んで居て、露を払っています。彼らは昔ながらの巻き毛の大きなかつらをかぶっています。続いて、両陛下です。その背中をザクセン・マイニンゲンの皇太子夫妻が追います。そして、ワイマール、ショオンベルヒの両公子が続きます。この後に、主な女官が数人随っています。

「ザクセン王宮の女官は醜い」という世間の噂は、残念ながら本当です。いずれも顔立ちが貧しいのです。その上、人生の春をとうに過ぎた者が多い。たとえば、老いて顔中に皺が寄っている女官も居ます。また、肋骨が一本一本と数えられる胸を、式なので隠しもしないで出している女官も見受けられます。こんな春どころか晩秋といったベテランの女官が、数多くご奉公しているのです。

自分も「く」の字型に体を曲げて、額越しに一行を見つめていました。でも、心持ちしたその人が現われません。一行はもう終わろうとしています。

このとき、若い、まだ春たけなわといった女官が一人、男のようにゆったりと歩いて来ます。えっ、そうかな、違うかな。どきどきして、仰ぎ見ると、はたしてイイダ姫でした。

王族が広間の上座にご到着になって、国々の公使やその夫人などが彼らを取り囲みました。このとき、狙撃連隊の楽人たちが、太鼓を打ち鳴らしました。彼らは予めステージ上に控えていたのです。すると、これを合図に、ポロネーズという舞踏が始まりました。

この舞踏は、ただ男たちが右手で相手の女性の指をつまんで、この部屋を一周するだけの踊りです。列の先頭は、軍装をした国王です。国王が、紅衣のマイニンゲン夫人を引き寄せています。続いては、黄絹の裾の長いドレスを召した王妃で、並んだのはマイニンゲンの公子でした。

わずか五十組ばかりの列です。たちまち、一周し終えました。すると、王妃が冠の印のついた椅子に腰掛けて、公使の夫人たちを側にお寄せになりました。国王はそれを見ると、向かいの座敷にお移りになりました。そこには、トランプ遊びをする机が備え付けられています。

このとき、本当の舞踏が始まりました。大勢の客が立ち混めているので、中央は狭いのです。でも、そこをたいそう巧みに踊り回ります。感心しながら、顔を向けると、多くは少壮士官が女官たちを相手にして踊っているのでした。

メエルハイムの姿がありません。どうしてかと思いました。でもすぐに、あっそうだった、と気がつきました。近衛以外の士官はおおかた招かれていないのでした。

ところで、イイダ姫の踊る様子はどうでしょう。芝居でひいきの俳優を見る心地で、じっと見つめていました。胸に本物の薔薇の花を枝のまま着けています。ほかに飾りは一つもありません。ドレスは黒色でこそありませんが、水色絹のシンプルな装いです。その裾が狭い空間をすり抜けながら、撓《たわ》まない輪を描いて踊っています。他の貴婦人たちは、ダイヤモンドの露をちりばめた、見るからに重そうなドレスです。でも、自分の眼には、イイダ姫の素っ気ないドレスが、他を圧倒しているように映りました。

時が流れるにつれて、ろうそくの火は、次第に炭の煙に冒されて暗くなりました。また、ろうそくには溶けたろうが長くしたたっています。床の上には、ちぎれた薄絹や落ちた花びらが散らばっています。

踊り疲れたのか、前座敷のビュッフェに通う足が、しだいに頻繁になって来ました。そんな折、自分の前を通り過ぎるようにして、小首を傾けた顔をこちらに振り向けた女官が居ます。半ば開いた舞扇の上に、あごのあたりを乗せて、こう話し掛けて来ました。

「私を見忘れてしまったの？」

イイダ姫でした。

「忘れるものですか」

自分は即答しながら、二、三歩近づいて行きました。すると、イイダ姫は、自分の眼の中をじっと見つめました。

「あちらの陶器の間は、ご覧になりましたか？　東洋産の花瓶には、私が見たこともない草木鳥獣などが染めつけてあります。私に講釈できる方は、あなた以外にいらっしゃらないでしょう？　さあ、付いて来て」

イイダ姫は言い終わると、踵を返して、歩き始めました。自分はあわてて後を追って行きました。

その部屋は、四方の壁に、白石の欄を造り付けてあります。代々の王が美術に関心があったのでしょう。それぞれが収集なさった国々の大花瓶を、数える指の暇がないほど陳列してあります。乳のように白い花瓶、瑠璃のように碧い花瓶、または蜀の錦の極彩色をちりばめたような花瓶が並んでいます。これらが、陰になっている壁から浮き出て迫って来るようで、たとえようもなく美しい。

でも、客人たちの多くは、この王宮に慣れた人たちです。今夜この陶器の間に、改めて関心を寄せる客人は、まず居ません。前座敷を行き交う客人の姿が、ときどき見えるだけで、足を留める人すらほとんど居ませんでした。

窓下に、長椅子が備えてありました。この長椅子は、淡い緋色の地に、同色の濃い唐草模様を織り込んであります。イイダ姫は、そこに腰掛けると、体をひねって横向きになりました。姫は水色絹のドレスを身につけています。でも、その上品な大襞が、舞踏の後なのに少しも崩れていません。姫は自分の眼を見つめると、扇の先で中の棚の花瓶を斜めに指しながら、花瓶以外の話を語り始めました。

「もう昨年の出来事となりましたね。思いもかけずに、あなたを手紙の使者として、頼みにしましたわ。それなのに、お礼を申しあげる機会も得られませんでした。このような失礼な私を、あなたはどうお思いでしたでしょうか。でも、私は心の中で、あなたを片時も忘れては居ませんでした。私を苦悩のどん底から救いだして下さった方ですもの」

「近頃、日本の風俗について書いた本を一、二冊買って来させて読みました。あなたのお国では、親が結ぶ縁があって、本当の愛を知らない夫婦が多いと書いてありました。こちらの国の旅人が著者ですから、日本を卑しむように記載しています。でも、この著者はまだ熟考の足りない人です。同じ事情は、このヨーロッパにも――。婚約するまでの交際が長ければ、お互いに心の底まで知り合える。この意義は、当事者の二人に、婚約を否とも諾とも言える自由にあるのでしょう。それなのに、貴族の間では早くから目上の人によって、将来の婚約が決められます。その男女が、気が合わなくても断る方法がありません。日々顔を合わせて、嫌な気持ちがどこまでも募ったとき、逆にその時期を狙ったように、相手に添わせる習慣です。まったく不合理な社会ですわ」

「メエルハイムはあなたの友人です。彼を悪いと言えば、あなたは弁護もなさるでしょう。いいえ、私にしても、あの方の真っ直ぐな気持ちを知り、容貌のよさを見る目が、ないわけではありません。でも、何年も交際しても、胸に埋み火ほどの温まりも生じないのです。私が嫌うと、増すのはあちらの親切ばかりです。両親が許した交際の手前、腕を貸して戴くこともありました。でも、二人だけになると、家でも庭でも、うっとうしくて、うっとうしくて、どうしようもないのです。彼が何気なく溜息をついても、私は頭が熱くなります。頭が熱くなるほど、吐き気がして、我慢ができなくなります。なぜとお尋ねにならないでね。そのわけを誰が知るのでしょう。恋をするのは、相手に恋をしたからこそ、恋をするのでしょう？　嫌うのもまたその逆で同じなのではないでしょうか。好きになるのも、嫌いになるのも、理由なんてありません」

「あるとき、父の機嫌がよいのを見計らって、この苦しさを言い出そうとしました。でも、父は私の様子を見て、半分も言わせません。『君は、この世に貴族として生まれた。だから、身分の卑しい者のようなわがままな行動は、下品で、下品で、思いも寄らない蛮行に当たる。貴族の高貴な血統を守るためには、人間的な権利も犠牲にしなければならない。私も老いた

画：原田直次郎

が、人の情を忘れてしまったなどとは、決して思わないでくれ。向かいの壁に掛けてあるだろう、私の母君の肖像画が。あの画を見てごらん。母君は、心だって、あの顔のように厳しかった。私に浮薄な心を起こさせないのだ。お蔭で、私は世の中一般の楽しみを失ってしまった。でもな、我が家系の名誉は守ったよ。我が家系には、数百年の間、卑しい血の一滴だって混ざった過去がないのだよ』と語るのです。それも、いつもの軍人風の荒々しい言葉遣いとは、まるで違う口調なのです。優しい口調なのです。私だって、前々から父に、ああ言おう、こう答えよう、と思いをめぐらしてはいたのです。それなのに、その手立ては、胸にたたんだままで、口にする機会もありませんでした。結果、ただ私の気持ちばかりが、弱くなってしまいました」

「母はもとより父に向かっては返す言葉を知りません。私のこの気持ちを打ち明けてどうなるでしょうか。でも、貴族の子に生まれたといっても、私だって人間です。門閥や血統は、ただただ忌々しい。こんなもの、唾棄すべき、迷信の土くれです。と見破ったうえは、私の胸の中に投げ込まれる場所は、どこにもありません。卑しい恋に身をやつせば、姫君としての恥にもなるでしょう。でも、この習慣の外に出ようとすれば、いったい誰が支えてくれるのでしょうか。カトリックの国には尼になる人が居ると聞きます。だけど、ここプロテスタントのザクセンでは、尼にもなれません。そうでしょ、あのローマ・カトリックの寺院と同じ空間は、ここザクセンでは宮中です。宮中こそが、礼を知って情を知らない宮中こそが、私の墓場なのです」

「わが家系も、この国では聞こえた一族です。今勢力のある国務大臣ファブリイス伯とは、姻戚関係を重ねています。今回の私の婚約破棄も表から願い出れば、さぞ簡単だろうと思いました。でも、それが叶わないのは、父君のお心が動かしがたいからだけではありません。私は生まれつきの性分として、人とともに嘆き、人とともに笑い、愛憎の二つの目で長く見られる関係を嫌うのです。このような望みをあの人に伝え、この人に言い継がれて、ある人からは注意され、ある人からは褒められるような煩わしさを我慢できません。ましてメエルハイムは思慮が浅い人です。イイダ姫が自分を嫌って避けようとした結果だなどと、私と彼の二人だけの問題にまとめられたら口惜しいのです。私は不合理な習慣の外に出たいのです。私からの願い出と人に知られず、宮仕えする手立てがあればと思い悩んでいたのです。このとき、あなたが現われました。あなたは、この国を少しの間の宿として、私たちを路傍の岩や木などのように傍観的に見る目をお持ちです。しかも、心の底にゆるぎない誠意をお持ちではないですか。そこで、あなたにひそかにお願いしたのです。ファブリイス夫人へのお手紙を。ファブリイス夫人は、以前から私をいとおしんで下さっております方なので」

「ですが、この一件は、ファブリイス夫人も心に秘めて、一族にさえお知らせになりませんでした。女官の欠員があるので、しばらくのお務めにといって呼び寄せて下さいました。その上で、陛下のご希望を無視できないといって、しばらくのお務めではなく、やっと引き留められる身上になりました」

「メエルハイムのような男は、世の中の波に漂うだけで、自分で泳ぐ術を知りません。私を忘れようとして、白髪を生やすような苦悩もしないでしょう。ただ痛ましいのは、あなたがお泊まりになった夜、私のピアノを弾く指を止めた少年です。私が発った後も、夜な夜な私の窓の下に纜《ともづな》を繫いで、船の中で寝ていたそうです。ある朝、羊小屋の扉が開かないのを変に思って、人々が岸辺に行ってみたそうです。すると、波が空っぽの船の縁を打ちつけていただけでした。船中に残っていたのは、枯れ草の上にそっと置いてあった、一本の笛だけだったと聞きました」

イイダ姫が語り終わったとき、午前零時の時報が鮮明に聞こえました。舞踏は大休みです。そして、王妃がお休みになる時間なので、イイダ姫は慌しく席を立ちました。それでも、姫はこちらへ右手を差し伸ばしました。その姫の右手の指に、私の唇が触れました。このとき、客人がここを群がって過ぎて行きました。王宮の隅の観兵の間に設けてある夜食にありつこうと急いでいるのです。

姫の姿はその群れに混じり、次第に遠ざかって行って、ときどき人と人の肩の隙間に見える程度になりました。

今夜のイイダ姫のドレスは黒ではありません。水色です。ハレのドレスの水色だけが、イイダ姫の名残でした。

——了——

解析

河原林　晶子

森鷗外はドイツ留学のおみやげとして、三本の小説を発表しました。まず初めは、明治二十三年一月三日の「国民之友」に掲載された『舞姫』です。ついで、その年の夏、明治二十三年八月号の「しがらみ草紙」に『うたかたの記』を発表しました。また三本目の『文づかひ』は、翌明治二十四年一月に、吉岡書籍店から発行された「新著百種」一二号に載せた作品です。およそ一年の間に、次から次へと三本の小説を世間に問うたわけです。そして、この三本の小説で、明治初期の文学者として、不動の位置を収めました。

ところが、この「ドイツみやげ三部作」は、発表順と執筆順に違いが見られます。最初に書かれた、いわゆる処女作は『うたかたの記』です。ついで『舞姫』、『文づかひ』と続きます。

では、なぜ『舞姫』と『うたかたの記』は、順番をひっくり返して発表したのでしょうか。これには鷗外の初恋の顚末、一般に言うところの「エリス問題」が影響しているようです。「ドイツみやげ三部作」には、鷗外がドイツに留学したときの実体験が、さまざまな結晶となってちりばめられています。『舞姫』はベルリン、『うたかたの記』はミュンヘン、『文づかひ』はドレスデンを舞台にしています。でも、これらの土地は、適当に選ばれた空間ではありません。鷗外がドイツ留学中に長く滞在して、忘れられない青春の思い出を拵えた場所なのです。このため、「ドイツみやげ三部作」の各々の作品には、モデルが存在します。

『舞姫』の主人公は、太田豊太郎です。豊太郎は秀才で、エリートとしてドイツ留学を果たします。またその母親は豊太郎を頼りにしています。このような境遇は、鷗外そのものです。でも、ベルリンで、他の留学生から女性問題を疎まれて、上官に報じられ、免官になるのは鷗外の経験ではありません。鷗外と同じ時期にベルリンに留学していた、三等軍医の武島務がモデルと言われています。ただ武島務は女性問題を起こして免官になったわけではありません。彼は私費留学生でした。片親である母からの送金が滞り、家賃を滞納したのです。これを大家から訴えられました。そこで官費留学生たちが、国の恥として上官に訴え、武島務は免官になったのです。武島務は埼玉県の秩父郡太田村の出身です。もうピンと来たと思います。「太田豊太郎」という主人公の名前は、武島務の出身地「太田村」の「太田」を苗字に、鷗外の本名「森林太郎」の「林太郎」を「豊太郎」ともじって下の名前にしたものなのです。このように、『舞姫』の主人公のモデルは、鷗外が半分、武島務が半分なのでしょうか。と言うことは、作品の中での免官の理由である女性問題は、武島務にはその陰もなく、まさしく鷗外の事情だったのです。

鷗外が帰国して、すぐに「エリーゼ・ヴァイゲルト」、あるいは「エリーゼ・ヴィーゲルト」という女性が、ドイツから鷗外を追って来日します。びっくりした森家では、家族会議を開き、一ヵ月半もかかってドイツに追い返します。この女性が『舞姫』のヒロインであるエリスのモデルではないかと言われています。

しかし、この事件は、陸軍の中で噂になり始めました。そこで、鷗外はこの噂を打ち消す必要に迫られました。この最善の方法が、『舞姫』の発表です。ヒロインのエリスは、豊太郎に裏切られた結果として、精神的に病んでしまいます。また妊娠もしています。このような状態なのに、一人で遠い日本までやって来られるでしょうか。

ここに、作者鷗外の狙いがあります。つまり、現実世界で、精神を病んで、妊娠もしている女性が、鷗外を追って日本に来られるはずがない。「エリス」も、「エリーゼ」も、来日なんかしていないのだと、噂を打ち消したのです。

『舞姫』では、主人公の豊太郎は自分が出世コースへ復帰するために、エリスをベルリンに捨てて帰国します。豊太郎は自我の弱い人物です。でも、やはりひどい男です。また、『舞姫』の発表当時は、豊太郎＝鷗外と見做されていました。そこで、石橋忍月からも、鷗外自身がベルリンで同じ行為をして来たと誤解されて、その人間性まで非難されます。鷗外は皮を切らせて、身を守ったのです。このための小説が『舞姫』で、本来の処女作『うたかたの記』よりも、先に発表する必要があったわけです。

また『舞姫』の中の「天方伯」のモデルは、陸軍で圧倒的な実力者である山県有朋だと言われています。つまり鷗外の「エリス事件」は、山県有朋も承知の上で、しかもすでに解決済みだとの印象を与えます。因みに、豊太郎の親友である相沢謙吉は、鷗外の生涯の親友である賀古鶴所《かこつるど》だと言われています。賀古は『舞姫』を最初に読んだときに、「おれの親分気分がよく出ている」と周囲に言って喜んだと伝えられています。

さて、ここで「エリス、ユダヤ人論」にも触れましょう。『舞姫』のヒロインであるエリスがユダヤ人として描かれていると、最初に指摘したのは、この本の訳者の荻原雄一氏です。一九八九年に「『舞姫』再考——エリス、ユダヤ人問題から」（『国文学　解釈と鑑賞』至文堂・

平成元年九月号）というタイトルの論文で発表しました。この論文はサブタイトルからも判るように、「エリス」、つまり『舞姫』のヒロインに焦点が当てられています。「エリスはユダヤ人として描かれていて、またユダヤ人だと仮定すると、『舞姫』はどう読めるか、どう読むべきか」に焦点が当たっています。しかし、荻原氏はモデルのエリーゼも、ユダヤ人ではないかと疑っているようです。

二〇一一年の三月八日に、六草いちか氏が『鷗外の恋　舞姫エリスの真実』（講談社）を出版して、教会名簿からヒロインのモデルである「エリーゼ・ヴィーゲルト」を見つけ出しました。教会名簿からですので、ユダヤ人ではないと、荻原氏を厳しく批判しました。荻原氏はこの著書を「鷗外　92号」（森鷗外記念会・平成二十五年一月三十一日）で書評しています。荻原氏は六草氏の見つけて来たエリーゼが、エリスのモデルだろうと認めています。そのエリーゼの母親が、ステッチン（現・シュチェチンの発音）生まれで、『舞姫』の中で、エリスの母親が「ステッチンわたりの農家に、遠き縁者あるに、身を寄せん」の文章に呼応するためだとしています。しかし、荻原氏は当時のステッチンにはユダヤ人が多く、また生きていくために転向した大勢のユダヤ人が居たこと、たとえばこの街からアメリカに渡って大成功したオスカー賞のオスカーなどの著名人の例を挙げながら、「父親の代で、転向したのではないか」

との仮説を立てました。この仮説は多くの研究者からは「負け惜しみ」と非難され、また六草氏からは無視されていました。ところが、二〇一三年になって、六草氏が二冊目の著書『それからのエリス』（講談社・二〇一三年九月三日）を出版しました。そのエリーゼが中年になって、結婚し、夫と共に写っている写真も、彼女の親戚から見つけて来ました。朝日新聞を初め、各新聞社が一面でその写真を掲載しました。ところが、びっくりする事実も記してありました。

エリーゼの夫がユダヤ人だったのです。六草氏は今度の著書の中では、「エリス、ユダヤ人論」には、まったく触れていません。荻原氏が言うように、父親の代で転向したのか、どうか。写真を提供してくれた親戚に尋ねれば、簡単に判明するはずです。六草氏以外の研究者でも構いません。誰かベルリンに飛んで、その親戚に問い質して戴けないでしょうか。これが現段階での「エリス、ユダヤ人論」です。

荻原氏は今世紀に入ると、漱石の初恋問題に着手し、大きな成果を上げております。これに伴って、鷗外の『舞姫』のモデル問題からは、一線を引いているようです。しかし、『舞姫』のヒロイン、エリスはユダヤ人ではないか。この読みは変えていないようです。で今回この意訳『舞姫』を読んで、一点気がついた事実があります。エリスをユダヤ人として描くと、エリスは益々日本に来づらくなる、のです。当時のドイツのユダヤ人には、旅券が出ないのです。金持ちのユダヤ人は、役人に賄賂を使えばどうにかなります。でも、『舞姫』のエリスがユダヤ人ならば、精神病と妊娠という旅人には不利な条件に加えて、旅券も出ない状態なのです。やはり、エリスはユダヤ人として描かれているのかも知れません。

『うたかたの記』の主人公は、日本人の画家・巨勢です。巨勢のモデルは、原田直次郎だと言われています。原田直次郎は、鷗外と同じ時期に、画学生としてドイツに留学していました。原田にはドイツ人の恋人が居て、その名をマリイと言いました。つまり、『うたかたの記』のヒロインの名と同一です。鷗外がミュンヘンに滞在していたときに、狂王ルウドイヒ二世が、侍医グッデンを巻き込んで、スタルンベルヒ湖で横死します。鷗外はミュンヘンの街で、人々が号外を手にして驚愕する様子を肌で感じ取ったと思われます。その体験を基にして、そこに友人の原田直次郎の恋愛を絡めたのが、『うたかたの記』です。またこの作品には、「死」が彩られています。マリイ夫妻の死、狂王ルウドイヒの死、侍医グッテンの死、そしてマリイの死です。このように「死」をちりばめる筋立てによって、作品を浪漫的な方向に導いています。また『うたかたの記』というタイトルに「はかない人生」を象徴させたと思われます。はたして、鷗外その人の人生も、はかないものだったのでしょうか。

ふつうに考えれば、鷗外は軍医総監にまで上り詰め、また文豪とも呼称されるエリートの人生そのもので、「はかない人生」のはずがありません。しかし、価値観を「恋愛」に置くと、鷗外が心の奥底で、人生をどう感じ取っていたのかは別問題かも知れません。こう考えると、鷗外が四十九歳の時に執筆した『妄想』（「三田文学」明治四十四年三月〜四月）なる作品も気に掛かります。「背後にある或る物が真の生ではあるまいかと思われる」のであり、「便利の皿を弔《っ》った緒をそっと引く、白い、優しい手があった」と記されています。この「白い、優しい手」は「ドイツみやげ三部作」の恋愛に繋がる回想だと思わざるを得ません。

『文づかひ』の主人公は、小林士官で、彼はドイツに留学した経験を持つ軍人です。鷗外自身がモデルだと考えられます。ヒロインはデウベン城のビュロウ伯の娘イイダ姫です。イイダ姫は『ドイツ日記』の明治十八年八月三十一日、九月五日、そしてまた明治十九年二月十日に記述が見られます。鷗外は実際に宮中の舞踏会で、旧知のイイダ姫から「何ぞ君の健忘なる」（私をお忘れに?）と声を掛けられます。ただこの『文づかひ』のヒロインは、先の二作品のヒロインとは、様子が違います。先のエリスもマリイも貧しかったのです。経済的に男を頼りにしています。でも、イイダ姫は違います。イイダ姫は誰をも傷つけないように、最低限の配慮をしながら、自分の力で生きていこうとします。貴族の世界の、自我を押しつぶす慣習から逃れようとします。

これは、鷗外の実人生が反映しているのでしょう。前二作品の執筆時には、親の配慮による結婚生活、鷗外の意思ではない登志子との結婚生活を送っていた時期です。しかし、『文づかひ』の執筆時には、鷗外の宣言によって前妻登志子と別れた直後です。作者の鷗外は、イイダ姫が自らの頭で貴族社会の悪習を打ち破る、その爽快感に共鳴するのでしょう。

ところで、このイイダ姫はデウベン城に居て、メエルハイムの許嫁だった時には、いつも全身に黒衣をまとっていました。ところが、悪習を打ち破って、女官として現れたラストシーンでは「水色」のドレスです。もちろん、この色彩の変化は、イイダ姫の心境の変化を象徴しています。でも、これだけの意味でしょうか。

鷗外がドイツへ留学したときの上司・石黒忠悳は、ベルリンで女性を囲っていました。石黒は鷗外と共に帰国するときに、その女性に金銭を手渡して〈きれいに?〉別れて来ました。ところが、石黒は船の中で、部下の鷗外から恋人が追って来ると知らされます。石黒は憮然とします。「どうしてお金できれいに別れて来なかった?」と詰問します。石黒は日本への帰途の途中パリでは、鷗外を使いに遣って、フランス人形を買わせると、ベルリンのこの女性に贈らせたとも聞きます。石黒なりの気遣いでしょう。

ところが、この女性はいつも「水色」のドレスを身につけていました。「蒼山」と日記などに記されているのです。イイダ姫は、ラストシーンで、「水色」のドレスで現れました。これは偶然でしょうか。それとも、鷗外特有の、なにか皮肉を込めた石黒上官へのメッセージがあるのでしょうか。

さて、このように、鷗外の「ドイツみやげ三部作」は、近代的自我の目覚めと挫折をテーマに書かれております。鷗外は我が国、近代の「恋愛ゼロ世代」です。当時、ドイツでは近代的自我の確立が普及した環境があって、男女間の恋愛が成立し得ました。鷗外はこのヨーロッパの風に、四年もの間、吹かれていたのです。このため、帰国する鷗外には、日本の現状分析に甘さがありました。ドイツでの恋愛を、そのまま日本に輸入しようとして、いや密輸入でしょうか、失敗したのです。

そこへ行くと、夏目漱石は「恋愛第一世代」に当たります。近代的自我の確立も、知識層には浸透し始めた世代です。漱石の「不倫小説?」は、この環境で成立するのです。

この点でも、鷗外の「ドイツみやげ三部作」は、二葉亭四迷の『浮雲』と並んで、近代日本文学の黎明期における、光輝く巨星群だと考えられます。

（日本近代文学館図書資料部職員、中京大学非常勤講師）

もり　おうがい

本名森林太郎。1862（文久2年）に、石見国鹿足郡津和野で生まれる。本来は津和野藩亀井家の14代典医となるはずだが、時代が明治となって、典医だった森家は没落。大学卒業後、陸軍軍医となって、陸軍省派遣留学生として4年間ドイツに留学。帰国後は小説家・評論家・翻訳家として文学活動を盛んに行なう。また陸軍では軍医総監まで昇り詰め、晩年は帝室博物館総長も務める。

おぎはら　ゆういち

学歴：学習院大学文学部国文学科卒業
　　　埼玉大学教養学部教養学科アメリカ研究コース卒業
　　　学習院大学大学院人文科学研究科国文学専攻修士課程修了
経歴：東京学芸大学講師などを経て、現・名古屋芸術大学教授。
　　　俳優座特別研究員兼任。
著書（論文）：『バネ仕掛けの夢想』（昧爽社、1978／教育出版センター、1981）
　　　『文学の危機』（高文堂出版社、1985）
　　　『サンタクロース学入門』（高文堂出版社、1997）
　　　『児童文学におけるサンタクロースの研究』（高文堂出版社、1998）
　　　『サンタクロース学』（夏目書房、2001）
　　　『「舞姫」——エリス、ユダヤ人論』（編著、至文堂、2001）
　　　『サンタ・マニア』（のべる出版、2008）
　　　『漱石の初恋』（未知谷、2014）
（小説）：『魂極る』（オレンジ - ポコ、1983）
　　　『消えたモーテルジャック』（立風書房、1986）
　　　『楽園の腐ったリンゴ』（立風書房、1988）
　　　『小説　鷗外の恋　永遠の今』（立風書房、1991）
　　　『北京のスカート』（高文堂出版社、1995／のべる出版、2011）
　　　『もうひとつの憂國』（夏目書房、2000）
　　　『靖国炎上』（夏目書房、2006）
　　　『漱石、百年の恋。子規、最期の恋。』（未知谷、2017）』
（ノン - フィクション）：『〈漱石の初恋〉を探して』（未知谷　2016）
（翻訳）：『ニューヨークは泣かない』（夏目書房、2004／のべる出版、2008）
　　　『マリアナ・バケーション』（未知谷、2009）
（写真集）：『ゴーギャンへの誘惑』（高文堂出版社、1990）

鷗外《おうがい》・ドイツみやげ三部作《さんぶさく》

2018年5月10日初版発行
2018年6月15日 2 刷発行

著者　森鷗外
訳者　荻原雄一
発行者　飯島徹
発行所　未知谷
東京都千代田区神田猿楽町2丁目5-9　〒101-0064
Tel. 03-5281-3751 / Fax. 03-5281-3752
［振替］ 00130-4-653627
組版　柏木薫
印刷所　ディグ
製本所　難波製本

Publisher Michitani Co. Ltd., Tokyo
Printed in Japan
ISBN978-4-89642-550-5　C0093

荻原雄一の仕事

小説

漱石、百年の恋。子規、最期の恋。

数多くの文献を渉猟し、幸運な出会いにも導かれ、漱石の初恋の君に辿り着いた研究の成果が、漱石とその恋人、友人たちの姿を描く小説作品として結実。一大歴史ロマン。

408頁＋口絵8頁　4000円

翻訳

マリアナ・バケーション

マイク L. オギーフィールド 著 ／ 荻原雄一 訳・写真

常夏のマリアナ諸島、グアム、サイパン、ロタ——憧れの楽園！　青い空、白い砂浜、バナナ、パパイヤ、ココナッツ。ヤシガニ食べて、ビールを飲んで、働く？！　何、それ？別天地、ビーチボーイの大法螺小説。「サイパン・バケーション」「Mr. タイフーンだぜ！」「ロタ・バケーション」収録

224頁＋カラー口絵16頁　2400円

未知谷